D1874045

Andrea Camilleri

Die Form des Wassers

Andrea Camilleri

Die Form des Wassers

Commissario Montalbano denkt nach

Roman

Aus dem Italienischen von
Schahrzad Assemi

Bechtermünz

Titel der Originalausgabe: *La Forma dell'Acqua*
Originalverlag: Sellerio Editore, Palermo

Lizenzausgabe mit Genehmigung der Verlagsgruppe
Lübbe GmbH & Co. KG, Bergisch Gladbach
für Weltbild Verlag GmbH, Augsburg
Copyright © der Originalausgabe 1994 by Sellerio Editore
Copyright © der deutschen Ausgabe 1999
by Verlagsgruppe Lübbe GmbH & Co. KG, Bergisch Gladbach
Übersetzung: Schahrzad Assemi
Umschlaggestaltung: Init. Büro für Gestaltung, Bielefeld
Umschlagmotiv: Stone Bilderwelten, München
Gesamtherstellung: Clausen & Bosse, Leck
Printed in Germany

ISBN 3-8289-6938-0

2004 2003 2002 2001
Die letzte Jahreszahl gibt die aktuelle Lizenzausgabe an.

Eins

Noch drang kein Schimmer heraufdämmernden Morgens in den Hof der Firma »Splendor«, die für die Müllabfuhr von Vigàta zuständig war. Eine tiefhängende, dichte Wolkendecke überzog lückenlos den Himmel, als hätte man von einem Dachgesims zum anderen eine graue Plane gespannt. Kein Blatt regte sich. Der Schirokko wollte nicht aus seinem bleiernen Schlaf erwachen. Schon das geringste Wort strengte an. Bevor der Fuhrmeister die Arbeit einteilte, gab er bekannt, daß an diesem und an allen weiteren Tagen Peppe Schèmmari und Caluzzo Brucculeri entschuldigt fehlen würden. Ihre Abwesenheit war in der Tat entschuldigt: Die beiden waren am Abend zuvor bei einem bewaffneten Überfall auf einen Supermarkt verhaftet worden. Die verwaiste Stelle, die Peppe und Caluzzo hinterließen, wies der Fuhrmeister Pino Catalano und Saro Montaperto zu, zwei jungen Landvermessern, die als solche, wie es sich gehörte, arbeitslos waren, dank der herzigen Fürsprache des Abgeordneten Cusumano aber als Hilfsumweltpfleger eingestellt worden waren. Dessen Wahlkampagne hatten die beiden mit Leib und Seele unterstützt (und zwar genau in dieser Reihenfolge, da der Leib weitaus mehr tat, als der Seele lieb war). Ihnen wurde das als Mànnara bezeichnete Gebiet zugeteilt, so genannt, weil dort vor undenklichen Zeiten angeblich ein Hirte seine Ziegen gehütet hatte. Die Mànnara war ein breiter Streifen mediterraner Macchia am Rande des Städtchens, zwischen dem Meeresstrand und den baulichen Überresten einer großen Chemiefabrik, die der allgegenwärtige Abgeordnete Cusumano eingeweiht hatte, als ein neuer, frischer Wind wehte, der eine glänzende und vielversprechende Zukunft zu verheißen schien. Aber jener Wind war schnell zu einer leichten Brise abgeflaut und schließlich gänzlich abgeklungen: Allerdings hatte er größere Schäden angerichtet als ein Tornado, indem er ein Heer von Kurzarbeitern und Arbeitslosen hinterließ. Um zu verhindern, daß die im Ort umherstreichenden Scharen von Schwarzen und weniger Schwarzen, von Senegalesen und Algeriern, Tunesiern und Libyern sich in der Fabrik einnisteten, hatte man rundherum eine hohe Mauer gezogen, hinter der die von Unwettern, Meeressalz und allgemeiner Vernachlässigung angefressenen Bauten weiterhin emporragten und dabei mehr und mehr aussahen wie die Architektur eines Gaudí im Drogenrausch.

Die Mànnara hatte bis vor kurzer Zeit bei allen, die sich vormals schlicht und einfach als Müllmänner bezeichneten, als ausgesprochen ruhiger Posten gegolten: Inmitten von Papierfetzen, Plastiktüten, Bier- und Coca-Cola-Dosen, unzureichend zugedeckter oder einfach im Wind stehengelassener Scheißhaufen tauchte hin und wieder ein verirrtes Präservativ auf. Dazu konnte sich dann einer, wenn er Lust und Phantasie hatte, seine Gedanken machen und sich das entsprechende Schäferstündchen in allen Einzelheiten ausmalen. Seit einem Jahr jedoch lagen hier die Präservative herum wie der Sand am Meer. Angefangen hatte es, als ein Minister mit einem finsteren und verschlossenen Gesicht, das Lombroso alle Ehre gemacht hätte, aus Überlegungen heraus, die noch finsterer und verschlossener waren als sein Gesicht, eine Idee gebar, die ihm als die Lösung der Probleme der öffentlichen Ordnung im Süden erschien. Diese Idee teilte er seinem Kollegen mit, der der Armee angehörte und aussah, als wäre er einer Illustration aus Carlo Collodis *Pinocchio* entsprungen. Schließlich und endlich entschieden die beiden, zur »Kontrolle des Territoriums« einige Militäreinheiten nach Sizilien zu entsenden. Diese sollten als Unterstützung dienen für Carabinieri, Polizisten, Informationsdienste, Sonderkommandos, für Steuerfahnder, Straßenpolizei, Bahnpolizei, Hafenpolizei, für Angehörige der Sonderstaatsanwaltschaft, Antimafia- und Antiterrorgruppen, für das Drogen- und Raubdezernat, das Anti-Entführungskommando und für weitere Organe, die sich ganz anderen Tätigkeiten verschrieben hatten. Als Folge dieses großartigen Einfalls der beiden herausragenden Staatsmänner mußten sich Söhne piemontesischer Mütter, flaumbärtige Rekruten aus dem Friaul, die sich tags zuvor noch an der frischen und rauhen Luft ihrer Berge gelabt hatten, über Nacht an klimatische Bedingungen gewöhnen, in denen es sich nur mühsam atmete. Sie richteten sich in ihren provisorischen Unterkünften ein, in Ortschaften, die, wenn überhaupt, einen Meter über dem Meeresspiegel lagen, inmitten von Leuten, die einen unverständlichen Dialekt sprachen, der mehr aus Schweigen denn aus Worten bestand, mehr aus einem schwer entzifferbaren Runzeln der Augenbrauen und einer unmerklichen Kräuselung der Gesichtsfalten. Dank ihrer Jugend paßten die Soldaten sich an, so gut sie eben konnten. Unterstützung bekamen sie im wesentlichen von den Einwohnern Vigàtas selbst, die von der Hilflosigkeit und Verwirrtheit in den Gesichtern der fremden Jünglinge gerührt waren. Daß ihr unfreiwilliges Exil jedoch ein wenig erträglich wurde, dafür sorgte Gegè Gulotta, ein Mann von schöpferischem Geist, der bis dahin seine natürliche Begabung zum Kuppler hatte unterdrücken müssen und sich als kleiner Dealer weicher Drogen verdingt hatte. Nachdem er über ebenso krumme wie amtliche Wege von der bevorstehenden Ankunft der Soldaten erfahren hatte, durchzuckte Gegè ein Geistesblitz.

Um seine geniale Idee in die Tat umzusetzen, empfahl er sich umgehend dem Wohlwollen des Zuständigen, um die unzähligen und komplizierten, aber unumgänglichen Genehmigungen zu erhalten. Dem Zuständigen, das heißt demjenigen, der das Gebiet tatsächlich kontrollierte und nicht einmal im Traum daran dachte, Bewilligungen auf Stempelpapier zu erteilen. Kurz, Gegè konnte an der Mànnara seinen auf frisches Fleisch und eine reiche Auswahl an weichen Drogen spezialisierten Markt eröffnen. Das Frischfleisch kam zum größten Teil aus osteuropäischen Ländern, nun endlich vom kommunistischen Joch befreit, das, wie jeder weiß, dem menschlichen Wesen jegliche Würde absprach, und zwischen den Sträuchern und am Sandstrand der Mànnara strahlte die zurückeroberte Würde in neuem Glanze. Allerdings fehlte es auch nicht an Evas aus der Dritten Welt, an Transvestiten, Transsexuellen, neapolitanischen Schwuchteln und brasilianischen Viados – für jeden Geschmack war etwas dabei, eine einzige Pracht, ein riesiges Fest. Und der Handel blühte, zur großen Befriedigung der Soldaten, Gegès und desjenigen, der sich mit Gegè über die Formalitäten geeinigt hatte und als

Gegenleistung die gerechte prozentuale Beteiligung am Gewinn forderte.

Pino und Saro machten sich auf den Weg zu ihrem Arbeitsplatz. Jeder schob seinen Karren vor sich her. Bis zur Mànnara brauchte man eine knappe halbe Stunde, wenn man so langsam ging wie die beiden. Die erste Viertelstunde verbrachten sie stumm. Schon waren sie vollkommen verschwitzt und verklebt. Dann brach Saro das Schweigen.

»Dieser Pecorilla ist ein Drecksack«, verkündete er.

»Ein elender Drecksack«, bekräftigte Pino.

Pecorilla war der Fuhrmeister, der für die Zuteilung der zu reinigenden Bezirke zuständig war und unübersehbar einen tiefen Haß gegen jeden nährte, der studiert hatte. Ihm selbst hatte man erst mit vierzig Jahren seinen Schulabschluß bescheinigt, und das auch nur, weil Cusumano mit dem Lehrer ein ernstes Wort gesprochen hatte. Deswegen drehte er es so, daß die erniedrigendste und schwerste Arbeit immer auf den Schultern der drei Diplomierten lastete, die er in seiner Truppe hatte. An diesem Morgen hatte er Ciccu Loreto den Abschnitt der Mole zugewiesen, an dem das Postschiff zur Insel Lampedusa ablegte. Das hieß im Klartext, daß Ciccu, seines Zeichens Buchhalter, mit Zentnern von Abfällen würde rechnen müssen, die lärmende Touristenschwärme, getrennt durch verschiedene Sprachen, aber vereint in der totalen Verachtung persönlicher und öffentlicher Sauberkeit, in Erwartung der Einschiffung am Samstag und Sonntag zurückgelassen hatten. Und Pino und Saro würden an der Mànnara das ganze Durcheinander vorfinden, das die Soldaten während ihres zweitägigen Ausgangs veranstaltet hatten.

Als sie an die Kreuzung der Via Lincoln mit der Viale Kennedy kamen (in Vigàta gibt es auch einen Eisenhower-Hof und eine Roosevelt-Gasse), blieb Saro stehen. »Ich geh' schnell auf einen Sprung nach Hause, um zu sehen, wie's dem Kleinen geht«, sagte er zu seinem Freund. »Wart auf mich, dauert nur eine Minute.«

Ohne Pinos Antwort abzuwarten, schlüpfte er durch die Haustür in einen jener zwergenhaften Wolkenkratzer, die, allerhöchstens zwölf Stockwerke hoch, zur gleichen Zeit wie die Chemiefabrik entstanden waren und ebenso wie diese alsbald völlig heruntergekommen, wenn nicht gar verlassen dastanden. Wer vom Meer her nach Vigàta kam, dem präsentierte sich das Städtchen wie eine Parodie von Manhattan im verkleinerten Maßstab.

Der kleine Nenè war wach. Er schlief, wenn überhaupt, nur zwei Stunden pro Nacht, die restliche Zeit lag er mit weitaufgerissenen Augen in seinem Bettchen, ohne auch nur ein einziges Mal zu weinen. Aber wer hätte je von Babies gehört, die niemals schreien? Tag auf Tag verzehrte ihn eine Krankheit, von der man weder die Ursache noch die Behandlungsmethode kannte. Die Ärzte von Vigàta wußten sich keinen Rat, man hätte den Kleinen woanders hinbringen müssen, zu irgendeinem berühmten Spezialisten, aber es fehlte an Geld. Kaum kreuzte sein Blick den des Vaters, verfinsterte sich Nenès Gesicht, legte sich eine Falte quer über seine Stirn. Er konnte nicht sprechen, aber der stumme Vorwurf an denjenigen, der ihm jene Fessel angelegt hatte, war als Aussage deutlich genug.

»Es geht ihm ein bißchen besser, das Fieber geht zurück«, sagte Tana, seine Frau, nur um Saro ein wenig aufzuheitern.

Der Himmel hatte sich aufgeklärt, die Sonne brannte erbarmungslos, nun herrschte eine Gluthitze. Saro hatte seine Karre schon ein dutzendmal auf der Müllkippe entladen, die auf eine Privatinitiative hin am früheren Hinterausgang der Fabrik entstanden war. Der Rücken tat ihm höllisch weh. Als er in Reichweite eines Feldweges kam, der an der Schutzmauer entlanglief und in die Landstraße einmündete, sah er etwas hell Glitzerndes auf dem Boden liegen. Er bückte sich, um genauer hinzuschauen. Es war ein Anhänger in Herzform, riesig, mit Brillanten besetzt. In der Mitte prangte ein auffallend großer Diamant. Er hing noch an der Halskette aus

Massivgold, die an einer Stelle gerissen war. Blitzartig schnellte Saros Rechte nach vorn, ergriff die Kette und ließ sie in der Hosentasche verschwinden. Die rechte Hand: die, so meinte Saro, wie aus eigenen Stücken gehandelt hatte, ohne daß das Gehirn, von dem überraschenden Fund noch völlig benommen, ihr irgendeinen Befehl gegeben hätte. Schweißgebadet richtete er sich wieder auf und blickte sich um, aber es war keine Menschenseele zu sehen.

Pino, der sich das näher am Sandstrand gelegene Stück der Mànnara ausgesucht hatte, bemerkte plötzlich die Schnauze eines Autos, die in etwa zwanzig Metern Entfernung aus den Sträuchern herausragte, wo die Macchia dichter war als andernorts. Er blieb wie angewurzelt stehen. Es konnte doch unmöglich sein, daß jemand um diese Uhrzeit, morgens um sieben, immer noch mit einer Nutte zugange war. Er pirschte sich vorsichtig an, setzte zaghaft einen Fuß vor den anderen, den Oberkörper vornübergebeugt. Als er auf der Höhe der Scheinwerfer angekommen war, richtete er sich auf. Es geschah nichts, niemand, der ihm zugerufen hätte, er solle sich gefälligst um seinen eigenen Kram kümmern. Das Auto wirkte verlassen. Er wagte sich noch näher heran, und schließlich erblickte er die Gestalt eines Mannes, der reglos auf dem Beifahrersitz saß, den Kopf nach hinten gelehnt.

Man hätte glauben können, er schliefe tief und fest. Aber Pino hatte den dunklen Verdacht, ja, spürte es plötzlich körperlich, daß da irgend etwas nicht stimmte. Er drehte sich um und rief aufgeregt nach Saro. Dieser kam keuchend und mit schreckgeweiteten Augen herbeigeeilt.

»Was is'n los? Was zum Teufel hast du? Was ist denn in dich gefahren?«

Pino glaubte eine gewisse Aggressivität aus den Fragen des Freundes herauszuhören, schrieb dies aber der Hast zu, mit der jener herbeigerannt war.

»Schau mal da hin.«

Pino nahm all seinen Mut zusammen, näherte sich der Fahrerseite und versuchte, die Wagentür zu öffnen, was ihm aber nicht gelang, da der Sicherheitsknopf hinuntergedrückt war. Mit Saros Hilfe, der sich einigermaßen beruhigt zu haben schien, versuchte er die Tür auf der Beifahrerseite zu erreichen, an der der Körper des Mannes seitlich lehnte. Aber er schaffte es nicht, weil das Auto, ein großer grüner BMW, so nah am Gestrüpp stand, daß sich von dieser Seite her niemand hätte nähern können. Als die beiden sich jedoch über die Brombeersträucher hinweg nach vorn beugten, wobei sie sich gehörig zerkratzten, konnten sie das Gesicht des Mannes besser sehen. Er schlief nicht. Er hielt die Augen offen, den Blick ins Leere gerichtet. Im selben Moment, in dem ihnen klar wurde, daß der Mann tot war, blieben

Pino und Saro vor Schreck wie versteinert stehen – nicht wegen der Leiche, der sie gegenüberstanden, sondern weil sie den Toten erkannt hatten.

»Ich komm' mir vor wie in einer Sauna«, stöhnte Saro, während er mit Pino die Landstraße entlang zu einer Telefonzelle lief. »Einmal ist mir kalt, dann ist mir wieder heiß.«

Kaum hatten sie sich von dem Schreck erholt, der ihnen in die Glieder gefahren war, nachdem sie den Toten erkannt hatten, einigten sie sich über das weitere Vorgehen: Bevor sie *la liggi,* das Gesetz in Gestalt der Polizei, verständigen wollten, galt es noch einen anderen Anruf zu tätigen. Die Nummer des Abgeordneten Cusumano wußten sie auswendig. Saro wählte, doch Pino fuhr dazwischen, ehe es auch nur einmal geläutet hatte.

»Leg sofort wieder auf«, sagte er bestimmt.

Saro folgte aufs Wort.

»Hast du etwas dagegen, daß wir ihm Bescheid geben?«

»Laß uns noch mal kurz nachdenken, die Sache ist wichtig. Also, du weißt genausogut wie ich, daß der Abgeordnete nichts als ein *pupo* ist.«

»Und was heißt das im Klartext?«

»Daß er eine Marionette des Ingegnere Luparello ist, der alle Fäden in der Hand hält, oder besser gesagt, hielt. Mit Luparellos Tod ist Cusumano ein Nichts, eine Niete.«

»Ja und?«

»Nichts und.«

Sie machten sich auf nach Vigàta, aber nach ein paar Schritten hielt Pino seinen Freund mit einer brüsken Armbewegung an.

»Rizzo«, stieß er hervor.

»Den ruf' ich nicht an, da hab' ich Schiß, den kenn' ich nicht.«

»Ich auch nicht, aber ich ruf' ihn trotzdem an.«

Pino ließ sich die Telefonnummer von der Auskunft geben. Es war erst Viertel vor acht, aber Rizzo antwortete gleich nach dem ersten Läuten.

»Avvocato Rizzo?«

»Am Apparat.«

»Entschuldigen Sie, Avvocato, daß ich Sie um diese Uhrzeit störe, wo ... aber wir haben den Ingegnere Luparello gefunden ... sieht aus, als wäre er tot.«

Es trat eine Pause ein. Dann sprach Rizzo.

»Und warum erzählen Sie mir das?«

Pino runzelte die Stirn. Mit allem hatte er gerechnet, nur nicht mit dieser Antwort. Sie kam ihm höchst eigenartig vor.

»Wie? Sind Sie denn nicht ... sein bester Freund? Wir haben es für unsere Pflicht gehalten ...«

»Ich danke euch. Aber zuallererst solltet ihr eurer Pflicht als ordentliche Bürger nachkommen. Guten Tag.«

Wange an Wange mit Pino hatte Saro das Gespräch mitgehört. Die beiden sahen sich erstaunt an. Rizzo hatte reagiert, als hätten sie ihm von der Leiche irgendeines Unbekannten erzählt.

»Also, so ’n Idiot, schließlich war er doch mit ihm befreundet, oder etwa nicht?« raunzte Saro.

»Woher wollen wir das wissen? Wäre doch möglich, daß sie sich in letzter Zeit zerstritten haben«, tröstete sich Pino.

»Und was machen wir jetzt?«

»Jetzt tun wir unsere Pflicht als ordentliche Bürger, wie der Avvocato es nennt«, schloß Pino.

Sie gingen auf das Städtchen zu, in Richtung Kommissariat. Sich an die Carabinieri zu wenden wäre ihnen nicht einmal im Traum eingefallen. Dort führte ein Mailänder Oberleutnant das Regiment. Der Kommissar hingegen stammte aus Catania und hieß Salvo Montalbano. Und wenn der etwas verstehen wollte, dann verstand er es auch.

Zwei

»Noch mal.«

»Nein«, sagte Livia und sah ihn mit leidenschaftlich glühenden Augen an.

»Ich bitte dich!«

»Nein, ich habe nein gesagt.«

»Ich mag es gerne, wenn ich ein wenig gezwungen werde«, so hatte sie ihm, erinnerte er sich, einmal ins Ohr geflüstert.

Damals hatte er in seiner Erregung sein Knie zwischen ihre geschlossenen Schenkel gezwängt, während er mit eisernem Griff ihre Handgelenke umfaßt hielt und ihre Arme auseinanderriß, bis sie wie eine Gekreuzigte dalag.

Sie sahen einander kurz in die Augen, atemlos, dann erlag sie ihm plötzlich.

»Ja«, hauchte sie. »Ja! Jetzt!«

Und genau in diesem Moment klingelte das Telefon. Ohne die Augen zu öffnen, streckte Montalbano einen Arm aus, weniger um nach dem Hörer zu greifen als nach den wallenden Enden des Traumes, der erbarmungslos dahinschwand.

»*Pronto!*« Er war wütend auf den Störenfried.

»Commissario, wir haben einen Kunden.« Er erkannte die Stimme des Brigadiere Fazio; sein ranggleicher Kollege, Tortorella, lag noch im Krankenhaus wegen eines scheußlichen Bauchschusses, den ihm einer verpaßt hatte, der sich als Mafioso aufspielen wollte, in Wirklichkeit aber nur ein miserabler Dreckskerl war, keinen Pfifferling wert. In ihrem Jargon war ein Kunde ein Toter, um den sie sich kümmern mußten.

»Wer ist es?«

»Das wissen wir noch nicht.«

»Wie haben sie ihn umgebracht?«

»Wissen wir nicht. Besser gesagt, wir wissen nicht mal, ob er überhaupt umgebracht wurde.«

»Brigadiere, ich glaub', ich hör' nicht recht. Du weckst mich hier in aller Herrgottsfrühe, ohne auch nur den leisesten Schimmer von irgendwas zu haben?«

Er atmete tief durch, um seine Wut zu bezähmen, die sinnlos war und die der andere mit Engelsgeduld ertrug.

»Wer hat ihn gefunden?«

»Zwei Müllmänner, an der Mànnara, in einem Auto.«

»Bin gleich da. Ruf du inzwischen in Montelusa an, laß den Erkennungsdienst kommen und sag dem Richter Lo Bianco Bescheid.«

Während er unter der Dusche stand, kam er zu dem Schluß, daß der Tote ein Angehöriger des Cuffaro-Clans aus Vigàta sein mußte. Vor acht Monaten hatte sich, wahrscheinlich wegen irgendwelcher Revierstreitigkeiten, ein grausamer Krieg zwischen den Cuffaros und den Sinagras aus Fela entzündet; ein Toter pro Monat, abwechselnd und in schöner Folge: einer in Vigàta und einer in Fela. Der letzte, ein gewisser Mario Salino, war in Fela von den Vigàtesern erschossen worden. Infolgedessen mußte es diesmal einen Cuffaro erwischt haben. Bevor Montalbano sich auf den Weg machte – er wohnte in einem kleinen Haus am Strand auf der anderen Seite der Mànnara –, hatte er auf einmal Lust, Livia in Genua anzurufen. Sie war gleich am Apparat, noch ganz schlaftrunken.

»Entschuldige, aber ich wollte deine Stimme hören.«

»Ich habe gerade von dir geträumt«, sagte sie träge und fügte hinzu: »Du warst bei mir.«

Montalbano wollte sagen, daß auch er von ihr geträumt hatte, aber ein absurdes Schamgefühl hielt ihn zurück. Statt dessen fragte er: »Und was haben wir gemacht?«

»Das, was wir schon allzulange nicht mehr gemacht haben.«

Im Kommissariat traf Montalbano außer dem Brigadiere nur drei Beamte an. Die anderen waren hinter dem Be-

sitzer eines Bekleidungsgeschäftes her, der wegen einer Erbschaftsangelegenheit auf seine Schwester geschossen hatte und dann abgehauen war.
Er öffnete die Tür der Arrestzelle. Die beiden Müllmänner saßen dicht nebeneinander auf der Bank. Trotz der Hitze hatten sie blasse Gesichter.
»Kleinen Moment noch, ich komm' gleich wieder.« Die beiden enthielten sich jeden Kommentars und blickten gottergeben drein. Schließlich war bekannt, daß sich die Sache in die Länge zog, wenn man es, warum auch immer, mit dem Gesetz zu tun hatte.
»Hat irgendeiner von euch die Reporter informiert?« fragte der Commissario seine Leute. Sie winkten verneinend ab.
»Ich warne euch: Daß mir ja keiner von diesen Schmierfinken unter die Augen kommt.«
Schüchtern wagte sich Galluzzo nach vorne, hob zwei Finger, als wolle er um Erlaubnis bitten, austreten zu dürfen. »Nicht mal mein Schwager?«
Galluzzos Schwager war Journalist bei »Televigàta« und befaßte sich mit der Skandalchronik. Montalbano stellte sich schon den Familienstreit vor, wenn Galluzzo ihm nichts sagen würde. Galluzzo hatte tatsächlich einen herzerweichenden Hundeblick aufgesetzt.
»Na gut. Er soll aber erst kommen, wenn die Leiche weg ist. Und keine Fotografen.«

Sie fuhren mit dem Streifenwagen los. Giallombardo ließen sie als Wachtposten zurück. Am Steuer saß Gallo, ein Typ wie Galluzzo, der immer zu Späßen aufgelegt war, in der Art: »Na, Commissario, was gibt's Neues im Hühnerstall?« Montalbano, der ihn nur zu gut kannte, verpaßte ihm einen Rüffel.

»Ras aber nicht wieder so, wir haben's nicht eilig.«

In der Kurve nahe der Kirche des heiligen Karmel konnte Peppe Gallo sich nicht mehr zurückhalten und trat aufs Gas, daß die Reifen quietschten. Plötzlich gab es einen harten Knall wie ein Pistolenschuß, und der Wagen kam schleudernd zum Stehen.

Sie stiegen aus. Der rechte Hinterreifen hing zerfetzt an den Felgen. Er war sorgfältig mit einer scharfen Klinge aufgeschlitzt worden, die Schnitte waren noch deutlich zu erkennen.

»Diese Dreckskerle! Diese lausigen Hurensöhne!« explodierte der Brigadiere.

Montalbano kochte vor Wut.

»Ihr wißt doch ganz genau, daß sie uns alle zwei Wochen die Reifen aufschlitzen! Herrgott noch mal! Und jeden Morgen sage ich euch: Schaut sie euch an, bevor ihr losfahrt! Aber ihr schert euch ja einen Dreck darum, ihr Scheißer! Bis sich einer von uns irgendwann mal das Genick bricht!«

Nach einigem Hin und Her dauerte es letztlich gut zehn Minuten, bis der Reifen gewechselt war, und als sie die Mànnara erreichten, war der Erkennungsdienst von Montelusa bereits dort. Er befand sich in der, wie Montalbano es nannte, Meditationsphase. Das bedeutete, daß fünf oder sechs Beamte rund um die Stelle spazierten, wo das Auto stand, den Kopf leicht nach unten geneigt, die Hände in den Taschen vergraben oder auf dem Rücken verschränkt. Sie wirkten wie Philosophen, die in tiefgründige Gedanken versunken waren. In Wahrheit jedoch liefen sie mit wachen Augen umher, suchten den Boden nach einem Indiz, einer Spur, einem Fußabdruck ab. Kaum hatte Jacomuzzi, der Chef des Erkennungsdienstes, Montalbano entdeckt, eilte er ihm entgegen.

»Wieso sind eigentlich keine Reporter hier?«

»Dafür habe ich gesorgt.«

»Dieses Mal bringen sie dich ganz bestimmt um! Wie konntest du ihnen einen solchen Knüller vorenthalten?« Er war sichtlich nervös. »Weißt du, wer der Tote ist?«

»Nein. Aber du wirst es mir gleich sagen.«

»Es ist der Ingegnere Silvio Luparello.«

»Scheiße!« stieß Montalbano hervor. Es war seine einzige Bemerkung.

»Und weißt du, wie er ums Leben kam?«

»Nein. Und ich will es auch nicht wissen. Ich schau' mir das lieber selber an.«

Jacomuzzi kehrte beleidigt zu seinen Leuten zurück. Der Fotograf des Erkennungsdienstes war bereits fertig. Jetzt war Dottor Pasquano an der Reihe. Montalbano sah, daß der Arzt in einer unbequemen Position arbeiten mußte. Er steckte zur Hälfte im Auto und machte sich zwischen Beifahrer- und Fahrersitz zu schaffen, wo man eine dunkle Gestalt erkennen konnte. Fazio und die Beamten von Vigàta gingen den Kollegen von Montelusa zur Hand.

Der Commissario zündete sich eine Zigarette an, dann wandte er sich um und betrachtete die Chemiefabrik. Sie faszinierte ihn, diese Ruine. Er nahm sich vor, eines Tages zurückzukehren, um Fotos zu machen, die er dann Livia schicken würde. Er wollte ihr mit diesen Bildern ein paar Dinge von sich und seiner Heimat nahebringen, die sie noch nicht zu begreifen vermochte. Ihr fehlte der sizilianische Geist.

Indessen traf der Richter Lo Bianco ein. Aufgeregt stieg er aus dem Wagen.

»Stimmt es tatsächlich, daß der Tote der Ingegnere Luparello ist?«

Offensichtlich hatte Jacomuzzi keine Zeit verloren.

»Sieht ganz so aus.«

Der Richter gesellte sich zu den Leuten vom Erkennungsdienst, begann erregt mit Jacomuzzi und Dottor Pasquano zu sprechen, der eine Flasche Alkohol aus seiner Tasche gezogen hatte und sich die Hände desinfizierte. Nach einer Weile, die genügte, um Montalbano unter der Sonne garzukochen, stiegen die Männer vom Erkennungsdienst ins Auto und fuhren davon. Jacomuzzi fuhr grußlos an ihm vorbei. Montalbano hörte, wie die Sirene des Krankenwagens hinter ihm verstummte. Jetzt war er an der Reihe, er mußte zur Tat schreiten, da half kein Gott. Er schüttelte die Trägheit von sich ab, in der er sich schwitzend geräkelt hatte, und ging auf das Auto zu, in dem der Tote lag. Auf halber Strecke trat ihm der Richter entgegen.

»Die Leiche kann weggebracht werden, und angesichts des Bekanntheitsgrades des armen Ingegnere, je eher, desto besser. In jedem Fall halten Sie mich täglich auf dem laufenden, was den Fortgang der Ermittlungen anbelangt.«

Er hielt inne und fügte dann einschränkend hinzu: »Rufen Sie mich an, wann immer Sie es für erforderlich halten.«

Eine weitere Pause. Schließlich: »Natürlich zu den Bürozeiten, daß das klar ist.«

Montalbano ging davon. Zu den Bürozeiten, nicht daheim. Zu Hause, das war allbekannt, widmete sich der Richter Lo Bianco der Abfassung eines umfangreichen und aufwendigen Werkes: *Leben und Unternehmungen Rinaldo und Antonio Lo Biancos, vereidigte Lehrmeister an der Universität von Girgenti zur Zeit König Martins des Jüngeren (1402–1409).* Er hielt die beiden für seine, wenn auch recht nebulösen, Ahnen.

»Wie ist er gestorben?« erkundigte Montalbano sich beim Dottore.

»Sehen Sie selbst«, antwortete Pasquano und trat zur Seite.

Montalbano steckte den Kopf ins Auto, in dem die Gluthitze eines Ofens herrschte, erblickte zum ersten Mal die Leiche und mußte sogleich an den Polizeipräsidenten denken.

Der Polizeipräsident fiel ihm nicht etwa deswegen ein, weil es seine Gewohnheit gewesen wäre, an den Beginn seiner Ermittlung den Gedanken an den Dienstobersten zu stellen. Vielmehr hatte er mit dem alten Polizeipräsidenten Burlando, mit dem er befreundet war, vor etwa zehn Tagen über ein Buch von Philippe Ariès, *Geschichte des Todes,* gesprochen. Sie hatten es beide gelesen. Der Präsident war der Meinung gewesen, daß sich jeder Tod, selbst der elendeste, eine gewisse Heiligkeit bewahre. Montalbano hatte erwidert, und er hatte es ehrlich gemeint, daß er in keinem Tod, nicht einmal in dem eines Papstes, etwas Heiliges entdecken könne.

Er hätte ihn jetzt gerne an seiner Seite gehabt, den Herrn Polizeipräsidenten, damit dieser sehen könnte, was er, Montalbano, sah. Der Ingenieur Luparello war immer ein eleganter Mann gewesen, ausgesprochen gepflegt, was sein Äußeres anbelangte. Jetzt aber war er ohne Krawatte, das Hemd zerknittert, die Brille hing ihm schief auf der Nase, der Kragen des Jacketts war unziemlich hochgestellt, die Socken heruntergeschoben und so lose, daß sie über die Mokassins fielen. Was den Commissario aber am meisten schockierte, war die bis zu den Knien hinuntergelassene Hose, der Slip, der aus dem Innern der Hosen weiß herausleuchtete, und das zusammen mit dem Unterhemd bis zur Brust aufgerollte Hemd.

Und das Geschlecht: schamlos, anstößig zur Schau gestellt, groß, behaart und in scharfem Kontrast zu dem feingliedrigen Bau des restlichen Körpers.

»Wie ist er gestorben?« wiederholte er seine Frage an den Dottore und zog den Kopf wieder aus dem Auto.

»Da gibt es ja wohl überhaupt keinen Zweifel, oder?« antwortete Pasquano schroff. »Wußten Sie denn nicht, daß der arme Ingegnere in London von einem weltbekannten Kardiologen am Herzen operiert worden ist?«

»Ehrlich gesagt, nein. Ich habe ihn am vergangenen Mittwoch im Fernsehen gesehen, und da machte er einen völlig gesunden Eindruck auf mich.«

»Schien so, war aber nicht so. Wissen Sie, in der Politik sind sie alle wie die Hunde. Kaum haben sie herausgefunden, daß du dich nicht wehren kannst, zerfleischen sie dich. Offenbar hat man ihm in London zwei Bypässe gelegt. Es heißt, es sei eine komplizierte Operation gewesen.«

»Und bei wem war er in Montelusa in Behandlung?«

»Bei meinem Kollegen Capuano. Er ließ sich wöchentlich untersuchen, achtete auf seine Gesundheit, wollte immer topfit wirken.«

»Was meinen Sie: Soll ich mit Capuano sprechen?«

»Vollkommen überflüssig. Was hier geschehen ist, liegt doch auf der Hand. Der arme Ingegnere hatte Lust auf einen guten Fick, vielleicht mit einer von diesen exotischen Nutten, hat seinen Spaß gehabt und ist dabei draufgegangen.«

Er bemerkte, daß Montalbano abwesend ins Leere starrte.

»Überzeugt Sie das nicht?«

»Nein.«

»Und warum nicht?«

»Tja, das weiß ich selber nicht. Schicken Sie mir morgen die Ergebnisse der Autopsie rüber?«

»Morgen? Sie sind ja verrückt! Vor dem Ingegnere habe ich noch die zwanzigjährige Kleine, die in einem verlassenen Bauernhaus vergewaltigt wurde. Zehn Tage später hat man sie dann gefunden, halb aufgefressen von den Hunden. Dann ist Fofò Greco an der Reihe, dem sie die

Zunge und die Eier abgeschnitten haben, um ihn anschließend an einem Baum zum Sterben aufzuhängen. Danach kommt ...«

Montalbano unterbrach die makabre Aufzählung.

»Pasquano, ohne langes Hin und Her, wann bekomme ich die Ergebnisse?«

»Übermorgen, wenn sie mich in der Zwischenzeit nicht weiter durch die Gegend hetzen, um Tote zu begutachten.«

Sie verabschiedeten sich. Montalbano rief den Brigadiere und seine Leute zusammen, gab die nötigen Anweisungen und sagte ihnen, wann sie die Leiche in den Krankenwagen laden konnten. Dann ließ er sich von Gallo zum Kommissariat bringen.

»Du fährst anschließend zurück und holst die anderen ab. Aber ich warne dich, wenn du rast, hau' ich dir die Fresse ein.«

Pino und Saro unterschrieben die Aussage. Darin war feinsäuberlich jede ihrer Bewegungen festgehalten, vor und nach dem Fund der Leiche. Im Protokoll fehlten allerdings zwei wichtige Details, weil die Müllmänner sich gehütet hatten, sie der Polizei auf die Nase zu binden: erstens, daß sie den Toten gleich erkannt hatten, und zweitens, daß sie unverzüglich den Advokaten angerufen hatten, um ihm von ihrer Entdeckung zu berichten. Nun gingen sie nach Hause, Pino, der mit seinen Gedanken offensichtlich woanders war, und Saro, der ab und zu die Hosentasche befühlte, in der er die Halskette hatte verschwinden lassen.

Zumindest innerhalb der nächsten vierundzwanzig Stunden würde nichts geschehen. Am Nachmittag ging Montalbano nach Hause, warf sich aufs Bett und schlief drei volle Stunden lang. Dann stand er auf, und weil das Meer jetzt, mitten im September, glatt wie ein Spiegel war, schwamm er eine gute Runde. Wieder daheim, bereitete er sich einen Teller Spaghetti mit Seeigelfleisch zu und schaltete den Fernseher ein. Alle lokalen Nachrichten sprachen natürlich vom Tod des Ingenieurs und ergingen sich in Lobreden. Hin und wieder erschien ein Politiker auf der Bildfläche, mit einem dem Anlaß angemessenen Gesichtsausdruck, und erinnerte an die Verdienste des Verstorbenen und an die Probleme, die sein Dahinscheiden mit sich bringe. Aber keiner, kein einziger, nicht einmal der einzige Fernsehkanal der Opposition, wagte bekanntzugeben, wo und auf welche Weise der tief betrauerte Ingenieur Luparello ums Leben gekommen war.

Drei

Saro und Tana verbrachten eine unruhige Nacht. Zweifellos hatte Saro einen Schatz entdeckt wie in den Märchen, in denen bettelarme Schäfer auf Krüge voller Dukaten oder edelsteinbesetzte goldene Lämmlein stießen.

Und doch war die Situation hier ganz anders als in den alten Geschichten: Die Kette, eine moderne Juwelierarbeit, war am Tag zuvor verloren worden, daran bestand kein Zweifel, und allem Anschein nach war das Schmuckstück ein Vermögen wert. War es denn möglich, daß niemand den Verlust gemeldet hatte?

Sie saßen am Küchentisch, den Fernseher laut aufgedreht und das Fenster wie jeden Abend sperrangelweit offen, um zu verhindern, daß die Nachbarn durch eine winzige Veränderung der Routine aufmerksam wurden und zu reden anfingen. Den Vorschlag ihres Mannes lehnte Tana kategorisch ab. Er wollte die Kette gleich am nächsten Tag verkaufen, sobald das Juweliergeschäft der Gebrüder Siracusa öffnete.

»Vor allem«, begann sie, »sind wir beide ehrliche Leute. Und deswegen können wir nicht etwas verkaufen, was uns nicht gehört.«

»Aber was sollen wir denn deiner Meinung nach tun? Soll ich etwa zum Fuhrmeister gehen und ihm sagen, daß ich die Kette gefunden habe? Sie ihm übergeben, damit er sie dann dem Besitzer zurückgibt, sollte der sie zurückverlangen? Du kannst darauf wetten, daß es nicht mal zehn Minuten dauert, bis dieser verdammte Dreckskerl von Pecorilla sie selber verkauft.«

»Es gibt noch eine Möglichkeit. Wir behalten die Kette hier bei uns und sagen inzwischen Pecorilla Bescheid. Wenn jemand kommt, um sie abzuholen, geben wir sie ihm.«

»Und was springt dabei für uns raus?«

»Der übliche Finderlohn. Der steht uns doch zu, oder? Wieviel ist die Kette deiner Meinung nach wert?«

»Um die zwanzig Millionen Lire«, antwortete Saro wichtigtuerisch, hatte aber gleichzeitig das Gefühl, mit der Summe etwas zu hoch gegriffen zu haben. »Gehen wir mal davon aus, daß uns zwei Millionen zustehen. Kannst du mir erklären, wie wir mit zwei Millionen die ganzen Behandlungen für Nenè bezahlen sollen?«

Sie diskutierten bis zum Sonnenaufgang und hörten auch nur deshalb auf, weil Saro zur Arbeit mußte. Aber sie waren zu einer provisorischen Übereinkunft gelangt, die ihnen ihre Ehrbarkeit wenigstens zum Teil bewahrte: Sie wollten die Kette behalten, ohne irgend jemandem etwas davon zu sagen, eine Woche verstreichen lassen und sie dann, falls sich bis dahin niemand als ihr Besitzer zu erkennen gegeben hätte, verpfänden. Als Saro, erleichtert und guten Mutes, zu seinem Söhnchen ging, um ihn zum Abschied zu küssen, erwartete ihn eine Überraschung: Nenè schlief tief und fest, als ahnte er, daß sein Vater einen Weg gefunden hatte, ihn wieder gesund zu machen.

Auch Pino fand in dieser Nacht keinen Schlaf. Er war ein nachdenklicher Mensch und hatte eine Schwäche fürs Theater. Als Schauspieler war er auf den engagierten, aber immer selteneren Laienbühnen von Vigàta und Umgebung aufgetreten. Und er las Theaterstücke. Sobald sein karger Verdienst es zuließ, eilte er in den einzigen Buchladen von Montelusa, um sich Komödien und Dramen zu kaufen. Er lebte mit seiner Mutter zusammen, die eine kleine Rente bezog, am Hungertuch hatten sie also nicht zu nagen. Die Mutter hatte sich die Entdeckung des Toten dreimal berichten lassen und Pino gezwungen, die eine oder andere Einzelheit oder Besonderheit noch näher zu beschreiben. Sie wollte die Geschichte am nächsten Tag ihren Freundinnen in der Kirche und auf dem Markt weitererzählen und sich damit brüsten, daß sie all diese Dinge wußte und ihr Sohn so tüchtig war, zur rechten Zeit am rechten Ort gewesen zu sein. Gegen Mitternacht war sie endlich ins Bett gegangen, und kurz darauf hatte sich auch Pino hingelegt. Aber an Schlafen war nicht zu denken, da war etwas, das ihn beschäftigte. Unruhig wälzte er sich unter der Bettdecke hin und her. Er war ein nachdenklicher Mensch, hieß es, und deswegen war er nach zwei Stunden, in denen er vergeblich versucht hatte, Schlaf zu finden, zu der vernünftigen Überzeugung gelangt, daß es einfach keinen Sinn hatte.

Er war aufgestanden, hatte sich flüchtig gewaschen und sich dann an den kleinen Schreibtisch gesetzt, der in seinem Schlafzimmer stand. Im stillen wiederholte er die Worte, mit denen er seiner Mutter das Ganze erzählt hatte, und alles paßte, das Glöckchen in seinem Kopf schrillte bloß leise im Hintergrund. Es war wie das Spiel mit »heiß und kalt«. Solange er all das wiederholte, was er erzählt hatte, schien das Glöckchen ihm zu sagen: kalt, kalt. Folglich mußte das ungute Gefühl, das er verspürte, von etwas herrühren, das er seiner Mutter nicht gesagt hatte. Und tatsächlich hatte er ihr dieselben Dinge verschwiegen, die er auch, im Einverständnis mit Saro, Montalbano gegenüber unerwähnt gelassen hatte: daß sie den Toten sofort erkannt und den Advokaten Rizzo angerufen hatten. Und da wurde das Glöckchen sehr laut, tönte hell: heiß, heiß! Er nahm Papier und Bleistift und schrieb das Gespräch, das er mit dem Advokaten geführt hatte, Wort für Wort nieder. Er las es noch einmal durch und machte Korrekturen, wobei er sein Gedächtnis derart anstrengte, daß er schließlich, wie in einem Drehbuch, sogar die Pausen eintrug. Schließlich ging er die endgültige Version noch einmal durch. Irgend etwas stimmte immer noch nicht mit diesem Dialog. Aber nun war es zu spät, er mußte zur Arbeit in die »Splendor«.

Um zehn Uhr morgens wurde Montalbano in der Lektüre der beiden sizilianischen Tageszeitungen – eine erschien in Palermo, die andere in Catania – von einem Anruf des Polizeipräsidenten gestört.

»Ich darf Ihnen Lob und Dank übermitteln«, setzte der Polizeipräsident an.

»Ach ja? Und von wem, bitte?«

»Vom Bischof und von unserem Minister. Monsignor Teruzzi hat sich sehr zufrieden über die christliche Nächstenliebe geäußert, genauso hat er sich ausgedrückt, die Sie, wie sagt man noch, bewiesen haben, indem Sie verhinderten, daß skrupellose Journalisten und Fotografen anstößige Bilder von der Leiche machen und veröffentlichen konnten.«

»Aber ich habe diese Anordnung erteilt, als ich noch gar

nicht wußte, wer der Tote ist! Das hätte ich für jeden getan.«

»Weiß ich, Jacomuzzi hat mir alles berichtet. Aber warum hätte ich den hochwürdigen Prälaten auf diese Nebensächlichkeit hinweisen sollen? Um ihn hinsichtlich Ihrer christlichen Nächstenliebe zu enttäuschen? Die Nächstenliebe, mein Liebster, ist um so wertvoller, je höher die Stellung des von der Nächstenliebe betroffenen Wesens ist, verstehen Sie? Stellen Sie sich vor, der Bischof hat sogar Pirandello zitiert.«

»Was Sie nicht sagen!«

»Doch, doch. Er hat dessen Stück *Sechs Personen suchen einen Autor* angeführt, die Stelle, an der der Vater sagt, daß man jemandem, der alles in allem ein rechtschaffenes Leben geführt hat, eine einzelne frevelhafte Tat, einen Fehltritt sozusagen, nicht auf ewig nachtragen sollte. Mit anderen Worten: Man darf der Nachwelt von unserem teuren Ingegnere nicht das Bild mit den heruntergelassenen Hosen überliefern.«

»Und der Minister?«

»Der hat Pirandello nicht zitiert. Der weiß nicht einmal, wie man den Namen schreibt. Aber der Gedanke war letztlich derselbe. Und da er zur gleichen Partei gehört wie Luparello, hat er sich erlaubt, noch ein Wort hinzuzufügen.«

»Welches?«

»Vorsicht.«

»Was hat denn die Vorsicht mit dieser Geschichte zu tun?«

»Keine Ahnung, ich gebe Ihnen das Wort so weiter, wie er es mir gesagt hat.«

»Und die Autopsie? Gibt es da etwas Neues?«

»Noch nicht. Pasquano wollte ihn bis morgen im Kühlschrank lassen. Ich habe ihn jedoch gebeten, ihn heute entweder am späten Vormittag oder am frühen Nachmittag zu untersuchen. Aber ich glaube nicht, daß von dieser Seite neue Erkenntnisse zu erwarten sind.«

»Das glaube ich auch nicht«, schloß der Commissario.

Nachdem er seine Zeitungslektüre wieder aufgenommen hatte, erfuhr Montalbano aus den Artikeln wesentlich weniger, als er über das Leben, die Wundertaten und den Tod des Ingenieurs Luparello ohnehin schon wußte. Sie halfen ihm nur, seine Erinnerungen etwas aufzufrischen. Erbe einer Dynastie von Bauunternehmern aus Montelusa (der Großvater hatte den alten Bahnhof entworfen und gebaut, der Vater den Justizpalast), war der junge Silvio, nachdem er sein Studium am Polytechnikum in Mailand mit einer glänzenden Promotion abgeschlossen hatte, nach Hause zurückgekehrt, um das Familienunternehmen weiterzuführen und auszubauen. Als praktizierender Katholik war er in der Politik den Ideen des Großvaters verhaftet geblieben, der ein glühender Anhänger Sturzos gewesen war. (Was die Überzeugungen des Vaters betraf, Mitglied der faschistischen Sturmabteilungen und beim »Marsch auf Rom« dabei, so hüllte man sich in gebührendes Schweigen.) Bei der FUCI (Federazione Universitaria Cattolica Italiana), welche die jungen katholischen Studenten vereinigte und so ein tragfähiges Netz von Freundschaften knüpfte, sammelte er die ersten Erfahrungen. Von da an erschien Silvio Luparello, ob auf Veranstaltungen, Feierlichkeiten oder Versammlungen, stets Seite an Seite mit den maßgebenden Persönlichkeiten der Partei. Aber immer einen Schritt hinter ihnen, mit einem halben Lächeln auf den Lippen, welches besagen sollte, daß er aus freien Stücken heraus an jenem Platz stand und nicht etwa infolge einer hierarchischen Rangordnung. Mehrfach aufgefordert, bei den Parlaments- oder Kommunalwahlen zu kandidieren, hatte er sich der Verantwortung jedesmal mit höchst ehrenwerten Begründungen entzogen, die er ebenso regelmäßig öffentlich bekanntgab. In diesen Verlautbarungen berief er sich auf jene Demut und jenen Dienst am Nächsten, welche, wie es dem Wesen des wahren Katholiken entspreche, im verborgenen und im stillen blühten. Und im verborgenen und im stillen hatte er zwanzig Jahre lang gedient. Bis er sich eines Tages, gewachsen an und gestärkt von allem, was er mit seinen scharfen Augen im verborgenen gesehen hatte, selbst treue Diener angeschafft hatte, allen voran den Abgeordneten Cusumano. Dann legte er dem Senator Portolano und dem Abgeordneten Tricomi die Livree an (die Zeitungen nannten sie »brüderliche Freunde«, »ergebene Jünger«), hatte binnen kurzer Zeit die ganze Partei in Montelusa und Umgebung unter Kontrolle und dazu achtzig Prozent aller öffentlichen und privaten Ausschreibungen. Das Erdbeben, das ein paar Mailänder Richter ausgelöst hatten und das die seit fünfzig Jahren an der Macht befindliche politische Klasse ins Wanken brachte, vermochte ihn nicht im geringsten zu erschüttern. Im Gegenteil. Da er immer hinter den Linien gestanden hatte, konnte er jetzt aus der Deckung treten, sich hervortun, gegen die Bestechlichkeit seiner Parteigenossen wettern. Im Laufe eines knappen Jahres war er als Vorkämpfer der Erneuerung auf Betreiben der Parteimitglieder *segretario provinciale*, Provinzsekretär, geworden. Leider waren zwischen diesem triumphalen Erfolg und seinem Tod nur drei Tage vergangen. Eine der beiden Zeitungen bedauerte, daß einer Persönlichkeit von so hohem und herausragendem Rang durch ein unerbittliches Schicksal nicht die Zeit beschieden gewesen sei, die Partei zu altem Glanz zurückzuführen. Beide Blätter erinnerten in ihren Nachrufen einstimmig an die grenzenlose Großzügigkeit und Herzensgüte Luparellos, die stete Bereitschaft, in jeder schmerzlichen Situation Freund wie Feind die Hand zu reichen. Mit einem Frösteln fiel Montalbano ein kurzer Filmbeitrag ein, den er im vergangenen Jahr in einem lokalen Fernsehsender gesehen hatte. Der Ingenieur Luparello weihte eine kleines Waisenhaus in Belfi ein, dem Geburtsort seines Großvaters, das zudem auf den Namen des Großvaters getauft wurde. An die zwanzig Kinder, alle gleich gekleidet, sangen ein Dankesliedchen auf den Namensgeber, der ihnen gerührt zuhörte. Der Text dieses Liedchens hatte sich unauslöschlich ins Gedächtnis des Commissario eingebrannt: *»Quant'è buono, quant'è bello / l'ingegnere Luparello.«*

Nicht nur über die Umstände seines Todes sahen die Zeitungen hinweg. Ebenso schwiegen sie über die Gerüchte, die seit Jahren über die weitaus weniger öffentlichen Geschäfte kursierten, in die der Ingenieur verwickelt war. Man sprach von gefälschten öffentlichen Ausschreibungen, von Schmiergeldern in Millionenhöhe, von Nötigungen, die bis zur Erpressung reichten. Und immer wieder tauchte in dem Zusammenhang der Name des Advokaten Rizzo auf, zunächst als Laufbursche, dann Vertrauensmann und zuletzt *alter ego* Luparellos. Aber es handelte sich stets nur um Gerüchte, um Behauptungen, die weder Hand noch Fuß hatten. Es hieß auch, daß Rizzo als Mittelsmann zwischen dem Ingenieur und der Mafia agierte. Zumindest was das betraf, war es dem Commissario unter der Hand möglich gewesen, einen geheimen Bericht einzusehen, der von Devisenhandel und Geldwäscherei sprach. Reine Verdächtigungen natürlich, nichts weiter, denn diese Verdächtigungen konnten niemals bewiesen werden. Jeder Antrag auf Erlaubnis zu Nachforschungen hatte sich im Labyrinth desselben Justizpalasts verloren, den der Vater des Ingenieurs entworfen und gebaut hatte.

Um die Mittagszeit rief Montalbano bei der Mordkommission von Montelusa an und fragte nach der Inspektorin Ferrara. Sie war die Tochter eines ehemaligen Schulkameraden, der sich sehr jung verheiratet hatte. Ein sympathisches und intelligentes Mädchen, das es, weiß der Himmel, warum, hin und wieder bei ihm probierte.

»Anna? Ich brauche dich.«

»Was du nicht sagst!«

»Kannst du dich am Nachmittag für ein paar Stunden freimachen?«

»Ich werde es möglich machen, Commissario. Immer zu deinen Diensten, Tag und Nacht. Zu Befehl, oder wenn du möchtest, zu Willen.«

»Dann hole ich dich also gegen drei bei dir zu Hause in Montelusa ab.«

»Du läßt mein Herz höher schlagen.«
»Ach, noch was, Anna: Zieh dich weiblich an.«
»Hohe Absätze, Schlitz bis über die Schenkel?«
»Ich meinte lediglich, daß du nicht in Uniform kommen sollst.«

Beim zweiten Hupen trat Anna in Rock und Bluse aus der Haustür. Sie stellte keine Fragen, sondern beschränkte sich darauf, Montalbano auf die Wange zu küssen. Erst als das Auto in den ersten der drei Wege eingebogen war, die von der Landstraße zur Mànnara führten, begann sie zu sprechen.
»Wenn du mich abschleppen willst, bring mich zu dir nach Hause. Hier gefällt es mir nicht.«
An der Mànnara standen nur zwei oder drei Autos, aber die Insassen gehörten ganz offenbar nicht zum nächtlichen Kreis von Gegè Culotta. Es waren Studenten und Studentinnen, ganz normale Paare, die keinen besseren Platz gefunden hatten. Montalbano fuhr weiter bis ans Ende des Weges und bremste erst, als die Vorderreifen bereits im Sand steckten. Der große Strauch, neben dem Luparellos BMW gefunden worden war, befand sich ihnen gegenüber auf der linken Seite und war über den Weg, den sie gekommen waren, unmöglich zu erreichen.
»Ist das die Stelle, an der sie ihn gefunden haben?« fragte Anna.

»Ja.«

»Und was suchst du?«

»Das weiß ich selbst noch nicht. Komm, laß uns aussteigen.«

Sie gingen in Richtung Strand, Montalbano faßte sie um die Taille, zog sie eng an sich, und sie legte lächelnd den Kopf an seine Schulter. Jetzt verstand sie, warum der Commissario sie abgeholt hatte. Sie spielten nur Theater, zu zweit waren sie nichts weiter als ein Liebespaar, das an die Mànnara gekommen war, um alleine zu sein. Anonym, sie würden keinerlei Aufsehen erregen.

So ein Hurensohn, dachte sie im stillen. Es ist ihm scheißegal, was ich für ihn empfinde.

Plötzlich blieb Montalbano stehen, den Rücken zum Meer gewandt. Die Macchia lag vor ihnen, war in Luftlinie etwa hundert Meter entfernt. Es gab keinen Zweifel: Der BMW war nicht über die kleinen Feldwege gekommen, sondern seitlich vom Strand her. Nachdem er in Richtung Macchia gedreht hatte, parkte er mit der Schnauze auf die alte Fabrik zu, genau in der entgegengesetzten Richtung also, in der alle anderen Autos, die von der Landstraße herkamen, notgedrungen stehen mußten, da es keinen Platz zum Wenden gab. Wer wieder auf die Landstraße wollte, mußte die Strecke wohl oder übel im Rückwärtsgang zurückfahren.

Montalbano ging noch ein Stück, den Arm um Anna gelegt, mit gesenktem Kopf: Weit und breit keine Reifenspuren, das Meer hatte alles weggespült.

»Und was machen wir jetzt?«

»Zuerst rufe ich Fazio an, und dann fahre ich dich nach Hause.«

»Commissario, darf ich dir ganz ehrlich etwas sagen?«

»Natürlich.«

»Du bist ein Scheißkerl.«

Vier

»Commissario? Pasquano am Apparat. Würden Sie mir freundlicherweise mitteilen, wo zum Teufel Sie gesteckt haben? Ich such' Sie seit drei Stunden, im Kommissariat hatten sie keine Ahnung.«

»Dottore, sind Sie sauer auf mich?«

»Auf Sie? Auf die ganze Welt.«

»Was hat man Ihnen angetan?«

»Man hat mich gezwungen, Luparello den Vorrang zu geben, genau wie früher, als er noch unter den Lebenden weilte. Muß dieser Mensch auch als Toter vor allen anderen drankommen? Wahrscheinlich kriegt er auch noch auf dem Friedhof einen Platz in der ersten Reihe.«

»Wollten Sie mir etwas sagen?«

»Ich sage Ihnen schon mal im voraus, was Sie dann schriftlich von mir bekommen. Absolut nichts, der Selige ist eines natürlichen Todes gestorben.«

»Und das heißt?«

»Ihm ist, um es mal volkstümlich auszudrücken, im wahrsten Sinne des Wortes das Herz geplatzt. Ansonsten war er gut beieinander. Nur die Pumpe funktionierte nicht, und eben die hat ihm den Garaus gemacht, wenn man auch auf vortreffliche Art und Weise versucht hat, sie zu reparieren.«

»Sonstige Merkmale am Körper?«

»Welcher Art?«

»Na ja, was weiß ich, Ekchymosen, Nadeleinstiche.«

»Ich hab's Ihnen doch gesagt: nichts. Ich bin schließlich nicht von gestern, wissen Sie? Und zusätzlich habe ich beantragt und genehmigt bekommen, daß mir mein Kollege Capuano, sein Hausarzt, bei der Autopsie assistiert.«

»Sie haben sich Rückendeckung geholt, was, Dottore?«

»Was haben Sie gesagt?«

»Das war nur Blödsinn, entschuldigen Sie. Hatte er andere Krankheiten?«

»Warum fangen Sie noch mal von vorne an? Er hatte nichts, abgesehen von einem leicht erhöhten Blutdruck. Er wurde mit einem Diuretikum behandelt, nahm jeweils eine Tablette am Donnerstag und am Sonntag früh.«

»Folglich hat er am Sonntag, als er gestorben ist, eine genommen?«

»Ja, und? Worauf zum Teufel wollen Sie hinaus? Daß die Tablette vergiftet war? Meinen Sie etwa, wir leben noch im Jahrhundert der Borgia? Oder lesen Sie seit neuestem schlechte Krimis? Wenn er vergiftet worden wäre, hätte ich das schon gemerkt.«

»Hatte er zu Abend gegessen?«

»Er hatte nicht zu Abend gegessen.«

»Können Sie mir sagen, um wieviel Uhr der Tod eingetreten ist?«

»Ihr macht mich noch ganz verrückt mit dieser Frage. Ihr laßt euch von diesen amerikanischen Filmen beeindrucken, in denen, kaum hat der Polizist gefragt, um wieviel Uhr das Verbrechen begangen wurde, der Gerichtsarzt antwortet, daß der Mörder sein Werk vor sechsunddreißig Tagen um achtzehn Uhr zweiunddreißig beendet hat, eine Sekunde hin, eine Sekunde her. Sie haben doch selber gesehen, daß die Leiche noch nicht starr war, oder? Sie haben doch selber die Hitze gespürt, die in dem Auto herrschte, oder?«

»Ja, und?«

»Wie, ja und? Die arme Seele ist am Tag bevor man ihn gefunden hat, zwischen neunzehn und zweiundzwanzig Uhr, dahingegangen.«

»Sonst nichts?«

»Sonst nichts. Ach, beinahe hätte ich's vergessen: Der teure Ingegnere ist zwar tot, aber seinen Spaß hat er noch gehabt. Wir haben Spermareste an seinem Unterleib gefunden.«

»Herr Polizeipräsident? Montalbano hier. Ich möchte Ihnen mitteilen, daß Dottor Pasquano mich soeben angerufen hat. Er hat die Autopsie durchgeführt.«

»Montalbano, sparen Sie sich die Mühe! Ich weiß alles, Jacomuzzi hat mich gegen vierzehn Uhr angerufen. Er war dabei und hat mich über alles informiert. Ist ja schön!«

»Entschuldigung, ich verstehe nicht ganz.«

»Ich finde es schön, daß sich in unserer herrlichen Provinz ausnahmsweise einmal jemand dazu entschieden hat, eines natürlichen Todes zu sterben, also mit gutem Beispiel vorangeht. Finden Sie nicht? Noch zwei oder drei Tote wie der Ingegnere, und wir stehen wieder in einer Reihe mit dem übrigen Italien. Haben Sie auch mit Lo Bianco gesprochen?«

»Noch nicht.«

»Tun Sie das gleich! Sagen Sie ihm, daß es von unserer Seite keinerlei Probleme mehr gibt. Sie können die Beerdigung ansetzen, wann immer sie wollen, vorausgesetzt, der Richter erteilt die Genehmigung. Aber der wartet ja nur darauf. Hören Sie, Montalbano, heute morgen habe ich es ganz vergessen: Meine Frau hat ein umwerfendes Rezept für diese kleinen Tintenfische kreiert. Würde es Ihnen am Freitag abend passen?«

»Montalbano? Hier spricht Lo Bianco. Ich wollte Sie über den neuesten Stand der Dinge informieren. Heute am frühen Nachmittag hat Dottor Jacomuzzi bei mir angerufen.«

Was für ein vergeudetes Talent! dachte Montalbano. In früheren Zeiten wäre Jacomuzzi ein wunderbarer öffentlicher Ausrufer gewesen, einer von denen, die mit der Trommel herumliefen.

»Er hat mir mitgeteilt, daß die Autopsie nichts Ungewöhnliches ergeben hat«, fuhr der Richter fort. »Und folglich habe ich die Leiche zur Bestattung freigegeben. Sie haben doch nichts dagegen?«

»Nicht das geringste.«

»Kann ich den Fall also als abgeschlossen betrachten?«

»Können Sie mir noch zwei Tage Zeit geben?«

Er hörte, ja, er hörte regelrecht die Alarmglocken im Kopf seines Gesprächspartners läuten.

»Warum, Montalbano, was gibt's denn?«

»Nichts, Herr Richter, überhaupt nichts.«

»Ja, weshalb denn dann die zwei Tage, allmächtiger Gott? Ich gebe offen zu, Commissario, daß sowohl ich als auch der Oberstaatsanwalt und der Präfekt sowie der Polizeipräsident die dringende Aufforderung erhalten haben, die Angelegenheit so schnell wie möglich abzuschließen. Nichts Illegales, versteht sich. Verständliche Bitten von Familienangehörigen und Parteifreunden, die diese schreckliche Geschichte so schnell wie möglich vergessen und in Vergessenheit geraten lassen möchten. Und mit allem Recht, meiner Ansicht nach.«

»Verstehe, Herr Richter. Aber ich würde nicht mehr als zwei Tage benötigen.«

»Aber wozu? Nennen Sie mir einen triftigen Grund!«

Montalbano erfand eine Antwort, eine Ausrede. Er konnte dem Richter schließlich nicht erzählen, daß sich sein Verdacht auf nichts gründete, oder besser gesagt, nur auf das dumpfe Gefühl, von jemandem – und er wußte weder wie noch warum – hereingelegt worden zu sein, der sich momentan als ihm überlegen erwies.

»Wenn Sie es unbedingt wissen wollen, ich tue es, um dem Gerede der Leute vorzubeugen. Ich möchte nicht, daß nachher jemand das Gerücht verbreitet, wir hätten den Fall eiligst zu den Akten gelegt, nur weil wir der Sache nicht auf den Grund gehen wollten.«

»Wenn das so ist, bin ich einverstanden. Ich gebe Ihnen diese achtundvierzig Stunden. Aber nicht eine Minute länger. Ich hoffe, Sie haben Verständnis dafür.«

»Gegè? Wie geht's dir, mein Lieber? Entschuldige, wenn ich dich um halb sieben abends aufwecke.«

»Arschgeige, verfluchte!«

»Aber Gegè, spricht man so mit einem Vertreter des Gesetzes, gerade du? Bei dem bloßen Gedanken an das Gesetz müßte dir doch das Herz in die Hosen rutschen. Apropos Arschgeige, stimmt es, daß du's mit einem Neger von vierzig treibst?«

»Vierzig was?«

»Rohrlänge.«

»Jetzt red keinen Scheiß. Was willst du?«

»Mit dir reden.«

»Wann?«

»Heute am späteren Abend. Du darfst auch die Uhrzeit bestimmen.«

»Sagen wir Mitternacht.«

»Wo?«

»Am üblichen Ort, an der Puntasecca.«

»Küß' das zarte Händchen, Gegè.«

»Dottor Montalbano? Hier ist der Präfekt Squatrìto. Richter Lo Bianco hat mir persönlich mitgeteilt, daß Sie weitere vierundzwanzig oder achtundvierzig Stunden, ich erinnere mich nicht genau, verlangt haben, um den Fall des armen Ingegnere abzuschließen. Dottor Jacomuzzi, der mich freundlicherweise über die Vorgänge auf dem laufenden hielt, hat mir mitgeteilt, die Autopsie habe zweifelsfrei ergeben, daß Luparello eines natürlichen Todes gestorben ist. Jeder Gedanke, ach, was sage ich, noch viel weniger, jede Andeutung einer Einmischung, für die es zudem keinerlei Grund gäbe, liegt mir völlig fern. Ich möchte Ihnen nur eine Frage stellen: Warum dieses Ansuchen?«

»Mein Ansuchen, Herr Präfekt, wie ich es schon Dottor Lo Bianco erläutert habe und Ihnen gegenüber nun bekräftigen möchte, entspricht dem Wunsch nach Transparenz, um jede bösartige Vermutung über eine mögliche Absicht der Polizei, die Angelegenheit nicht restlos aufzudecken und den Fall ohne erschöpfende Ermittlungen zu den Akten legen zu wollen, im Keim zu ersticken. Das ist alles.«

Der Präfekt gab sich mit der Antwort zufrieden. Im übrigen hatte Montalbano mit Sorgfalt zwei Verben (aufdecken und bekräftigen) und ein Substantiv (Transparenz) gewählt, die seit jeher zum bevorzugten Wortschatz des Präfekten gehörten.

»Anna hier, entschuldige, wenn ich dich störe.«

»Warum sprichst du so komisch? Bist du erkältet?«

»Nein, ich bin im Büro und will nicht, daß man mich hört.«

»Also, was ist?«

»Jacomuzzi hat meinen Chef angerufen, um ihm zu sagen, daß du mit Luparello noch nicht fertig bist. Mein Chef meint, du wärst mal wieder der übliche Scheißkerl, eine Ansicht, die ich im übrigen teile und dir ja vor ein paar Stunden persönlich darlegen durfte.«

»Und deswegen rufst du mich an? Danke für die Bestätigung.«

»Commissario, ich muß dir noch etwas anderes sagen, was ich nach unserem Treffen erfahren habe, als ich wieder ins Büro kam.«

»Ich stecke bis über beide Ohren in der Scheiße, Anna. Morgen.«

»Da ist keine Zeit zu verlieren. Könnte interessant für dich sein.«

»Ich sag' dir gleich, bis eins, halb zwei heute nacht bin ich belegt. Es sei denn, du könntest jetzt sofort vorbeikommen.«

»Jetzt schaffe ich es nicht. Ich komm' um zwei Uhr zu dir nach Hause.«

»Heute nacht?«

»Ja, und wenn du nicht da bist, warte ich eben.«

»Hallo, Liebling? Ich bin's, Livia. Tut mir leid, wenn ich dich im Büro anrufe, aber ...«

»Du kannst mich anrufen, wann und wo du willst. Was gibt's?«

»Nichts Wichtiges. Ich habe eben in einer Zeitung vom Tod eines Politikers in deiner Gegend gelesen. Nur eine kleine Pressenotiz, in der es heißt, daß Commissario Salvo Montalbano eingehende Untersuchungen zur Todesursache anstellt.«

»Ja, und weiter?«

»Macht dir dieser Tote Schwierigkeiten?«

»Nicht sehr viele.«

»Es bleibt also dabei? Du kommst mich am nächsten Samstag besuchen? Du wirst mir doch nicht irgendeine böse Überraschung bereiten?«

»Zum Beispiel?«

»Der verlegene kurze Anruf, in dem du mir sagst, daß die Untersuchung eine unerwartete Wendung genommen habe und ich noch ein wenig Geduld haben müsse, aber du wüßtest nicht, wie lange, und daß es vielleicht besser sei, unser Treffen um eine Woche zu verschieben. Das soll schon vorgekommen sein, und nicht nur einmal.«

»Mach dir keine Sorgen, dieses Mal schaffe ich es.«

»Dottor Montalbano? Ich bin Pater Arcangelo Baldovino, der Sekretär Seiner Exzellenz des Bischofs.«

»Angenehm. Was haben Sie auf dem Herzen, Pater?«

»Der Bischof hat mit einer gewissen Verwunderung, wir geben es zu, die Nachricht entgegengenommen, daß Sie eine Verlängerung der Ermittlungen hinsichtlich des schmerzlichen und unglücklichen Ablebens des Ingegnere Luparello für angebracht halten. Entspricht diese Nachricht der Wahrheit?«

Das tue sie in der Tat, bestätigte Montalbano, und zum

dritten Mal legte er die Gründe für sein Handeln dar. Pater Baldovino wirkte überzeugt, bat den Commissario aber inständig, sich zu beeilen, »um niederträchtige Spekulationen zu verhindern und der leidgeprüften Familie weitere Qualen zu ersparen«.

»Commissario Montalbano? Ingegnere Luparello am Apparat.«

Ach du Scheiße, warst du nicht eben noch tot?

Die unpassende Bemerkung wäre Montalbano beinahe herausgerutscht, doch er konnte sie gerade noch rechtzeitig zurückhalten.

»Ich bin der Sohn«, fuhr der andere fort, eine wohlerzogene Stimme, höchst kultiviert, keine Dialektfärbung. »Mein Name ist Stefano. Ich möchte Sie gütigst um einen Gefallen bitten, der Ihnen vielleicht ungewöhnlich vorkommen wird. Ich rufe im Auftrag meiner Mutter an.«

»Ich werde mein Möglichstes tun.«

»Mama möchte gerne mit Ihnen reden.«

»Was sollte daran ungewöhnlich sein, Ingegnere? Auch ich hatte mir vorgenommen, die Signora dieser Tage um ein Treffen zu bitten.«

»Das Problem ist nur, Commissario, daß Mama Sie spätestens morgen treffen möchte.«

»Ach du lieber Gott, Ingegnere, zur Zeit habe ich nicht

eine Minute frei, glauben Sie mir. Und bei Ihnen ist es bestimmt auch nicht viel anders, könnte ich mir vorstellen.«

»Zehn Minuten finden sich immer, machen Sie sich da keine Gedanken. Paßt es Ihnen morgen nachmittag um Punkt siebzehn Uhr?«

»Montalbano, ich weiß, daß ich dich habe warten lassen, aber ich war gerade ...«

»... im Scheißhaus, in deinem Reich.«

»Jetzt hör auf, was willst du?«

»Ich wollte dich über eine schwerwiegende Sache unterrichten. Mich hat soeben der Papst vom Vatikan aus angerufen. Ist stinksauer auf dich.«

»Was soll denn der Blödsinn?«

»Doch, doch, er ist völlig außer sich, weil er der einzige Mensch auf der Welt ist, der deinen Bericht mit den Ergebnissen der Autopsie nicht bekommen hat. Er fühlt sich übergangen und hat die Absicht – das hat er mir deutlich zu verstehen gegeben –, dich zu exkommunizieren. Jetzt hast du verschissen.«

»Montalbano, hast du völlig den Verstand verloren?«

»Würdest du netterweise meine Neugier befriedigen?«

»Aber selbstverständlich.«

»Kriechst du den Leuten aus Ehrgeiz oder aus natürlicher Veranlagung in den Arsch?«

Die Ehrlichkeit der Antwort seines Gegenübers verblüffte ihn.

»Aus natürlicher Veranlagung, glaube ich.«

»Hör zu, habt ihr die Kleider, die der Ingegnere trug, schon untersucht? Habt ihr was gefunden?«

»Wir haben das gefunden, was in gewisser Weise vorhersehbar war. Spuren von Sperma im Slip und an den Hosen.«

»Und im Auto?«

»Das untersuchen wir gerade noch.«

»Danke. Geh wieder ins Scheißhaus.«

»Commissario? Ich rufe aus einer Telefonzelle an der Landstraße an, in der Nähe der alten Fabrik. Ich habe getan, was Sie mir aufgetragen haben.«

»Erzähl, Fazio.«

»Sie hatten vollkommen recht. Luparellos BMW ist von Montelusa gekommen und nicht von Vigàta.«

»Bist du da sicher?«

»Auf der Seite von Vigàta ist der Strand durch Zementblöcke versperrt, da kommt man nicht durch, da hätte er schon fliegen müssen.«

»Hast du den Weg ausfindig gemacht, den er gefahren ist?«

»Ja, aber das ist der helle Wahnsinn.«

»Drück dich mal klarer aus. Wieso?«

»Obwohl von Montelusa Dutzende von Straßen und Wegen nach Vigàta führen, die einer nehmen kann, wenn er nicht gesehen werden will, ist der Wagen des Ingegnere ausgerechnet durch das ausgetrocknete Flußbett des Canneto zur Mànnara hinuntergefahren.«

»Den Canneto hinunter? Aber der ist doch unbefahrbar?«

»Eben nicht, ich bin den Weg selbst gefahren, und folglich kann es auch jemand anderes geschafft haben. Das Flußbett ist vollkommen trocken. Nur daß bei meinem Wagen jetzt die Stoßdämpfer im Eimer sind. Und da Sie ja nicht wollten, daß ich den Dienstwagen nehme, muß ich jetzt ...«

»Die zahl' ich dir, die Reparatur. Sonst noch was?«

»Ja. Genau an der Stelle, wo es aus dem Flußbett des Canneto heraus zum Strand geht, haben die Reifen des BMW Spuren hinterlassen. Wenn wir Dottor Jacomuzzi sofort Bescheid geben, können wir einen Abdruck anfertigen lassen.«

»Der soll bleiben, wo der Pfeffer wächst, der Jacomuzzi.«

»Wie Sie befehlen. Brauchen Sie sonst noch was?«

»Nein, Fazio, komm zurück. Danke.«

Fünf

Der kleine Strand von Puntasecca, ein Streifen kompakten Sandes, der an einen Hügel aus weißem Mergel grenzte, war um diese Uhrzeit völlig ausgestorben. Als der Commissario ankam, wartete Gegè, eine Zigarette rauchend an sein Auto gelehnt, schon auf ihn.

»Steig aus, Salvo«, rief er Montalbano zu, »genießen wir ein bißchen die herrliche Luft.«

Sie standen eine Weile rauchend nebeneinander, ohne ein Wort zu wechseln. Dann drückte Gegè seine Zigarette aus.

»Salvo, ich weiß, was du mich fragen willst. Und ich habe mich gut vorbereitet, kannst mich sogar durcheinander abfragen.«

Bei der gemeinsamen Erinnerung mußten sie lächeln. Sie hatten sich in einer privaten Vorschule kennengelernt, und die Lehrerin war Signorina Marianna gewesen, Gegès fünfzehn Jahre ältere Schwester. Salvo und Gegè waren recht lustlose Schüler, sie lernten die Lektionen auswendig und sagten sie anschließend wie Pa-

pageien auf. Es gab aber Tage, an denen sich die Lehrerin nicht mit diesen Litaneien begnügte, sondern durcheinander abfragte, das heißt, ohne die richtige Reihenfolge der Daten zu beachten. Das war zum Heulen, denn da mußte man den Stoff verstanden, logische Zusammenhänge geknüpft haben.

»Wie geht's deiner Schwester?« fragte der Commissario.

»Ich habe sie nach Barcellona Pozzo di Gotto gebracht, da gibt es eine Spezialklinik für Augenleiden. Sieht aus, als würden die regelrechte Wunder bewirken. Sie haben mir gesagt, daß sie zumindest das rechte Auge teilweise wieder hinbekommen.«

»Wenn du sie siehst, sag ihr alles Gute von mir.«

»Wird erledigt. Wie gesagt, ich habe mich vorbereitet. Schieß los mit den Fragen.«

»Wie viele Leute hast du an der Mànnara?«

»Insgesamt achtundzwanzig Nutten und ein paar Strichjungen. Dazu Filippo di Cosmo und Manuele Lo Pìparo. Die sind dort, um aufzupassen, daß es keinen Ärger gibt. Du weißt, die kleinste Kleinigkeit reicht aus, und ich habe ausgeschissen.«

»Alles unter Kontrolle also.«

»Natürlich. Du kannst dir den Schaden ja ausmalen, der mir, was weiß ich, aus einer Streiterei, einer Messerstecherei oder einer Überdosis entstehen könnte.«

»Hältst du dich immer noch an die weichen Drogen?«

»Ohne Ausnahme. Gras, allerhöchstens Kokain. Frag mal die Müllmänner, ob sie am Morgen auch nur eine einzige Spritze finden, frag sie ruhig.«

»Ich glaube dir.«

»Und dann sitzt mir Giambalvo, der Chef der Sittenpolizei, im Nacken. Er läßt mich nur gewähren – sagt er –, wenn ich keine Schwierigkeiten mache, wenn ich ihm nicht mit irgendwas Ernstem auf den Sack gehe.«

»Ich kann ihn schon verstehen, den Giambalvo. Er möchte nicht eines Tages dazu gezwungen werden, die Mànnara zu schließen. Dann würde er all das verlieren, was du ihm unter der Hand zuschiebst. Was zahlst du ihm, ein Monatsgehalt, einen festen Prozentsatz? Wieviel zahlst du ihm?«

Gegè lächelte. »Laß dich zur Sitte versetzen, dann weißt du's. Mich würde das sehr freuen, dann könnte ich einem armen Schlucker wie dir helfen, der nur von seinem Gehalt lebt und wie ein Lumpensammler rumläuft.«

»Ich danke für das Kompliment. Und jetzt erzähl mal: Was war los in jener Nacht?«

»Also, es wird ungefähr so zehn, halb zehn gewesen sein, als Milly, die gerade ihrem Job nachging, die Scheinwerfer eines Autos sah, das mit hoher Geschwindigkeit von Montelusa her am Meer entlang in Richtung Mànnara fuhr. Sie hat einen Riesenschreck gekriegt.«

»Wer ist diese Milly?«

»Sie heißt eigentlich Giuseppina La Volpe, ist in Mistretta geboren und dreißig Jahre alt. Is'n aufgewecktes Ding.«
Er zog ein gefaltetes Blatt Papier aus der Hosentasche und reichte es Montalbano.
»Hier habe ich die richtigen Vor- und Nachnamen aufgeschrieben. Und auch die Adressen, wenn du mit jemandem persönlich sprechen willst.«
»Warum meinst du, daß diese Milly sich erschrocken hat?«
»Weil eigentlich von dieser Seite kein Auto hätte kommen können, es sei denn, es wäre jemand den Canneto hinuntergefahren, der sich das Genick brechen wollte. Zuerst dachte sie, Giambalvo hätte einen seiner Geistesblitze gehabt, eine Razzia ohne Vorankündigung. Dann aber ist ihr eingefallen, daß es nicht die Sittenpolizei sein kann, eine Razzia macht man nicht mit nur einem Wagen. Da hat sie sich erst recht erschrocken, denn es hätten die aus Monterosso sein können, die mir den Krieg angesagt haben, um mir die Mànnara wegzunehmen, und es hätte womöglich eine Schießerei gegeben. Um also schnell fliehen zu können, ließ sie das Auto keinen Moment aus den Augen, und ihr Freier beschwerte sich. Sie hat aber noch rechtzeitig sehen können, daß das Auto mit einem Affenzahn auf die nahe Macchia zusteuerte, fast ganz hineinfuhr und dort stehenblieb.«

»Du erzählst mir nichts Neues, Gegè.«

»Der Mann, der mit Milly gevögelt hat, ließ sie aussteigen und fuhr den Weg im Rückwärtsgang zur Landstraße zurück. Milly ging auf und ab und wartete auf den nächsten Kunden. Auf ihren alten Platz stellte sich dann Carmen mit einem treuen Verehrer. Der kommt jeden Samstag und jeden Sonntag zu ihr, immer zur gleichen Zeit, und bleibt stundenlang. Carmens richtiger Name steht übrigens auf dem Blatt, das ich dir gegeben habe.«

»Ist die Adresse auch dabei?«

»Ja. Bevor ihr Freier die Scheinwerfer ausgemacht hat, sah Carmen noch, daß die beiden im BWM schon zugange waren.«

»Hat sie dir erzählt, was sie gesehen hat?«

»Ja, es waren zwar nur ein paar Sekunden, aber sie hat genau hingeguckt. Vielleicht weil sie beeindruckt war, denn Autos dieses Typs sieht man an der Mànnara normalerweise nicht. Also, die Frau, die auf der Fahrerseite saß – ach ja, das hab' ich ganz vergessen, Milly hat gesagt, daß *sie* fuhr –, hat sich umgedreht, sich rittlings auf die Beine des Mannes gesetzt, der neben ihr saß, mit den Händen unten ein bißchen rumgefummelt und dann angefangen, sich rauf und runter zu bewegen. Oder hast du vergessen, wie man vögelt?«

»Ich glaub' nicht. Aber wir können es ja mal testen. Wenn du fertig bist mit deiner Geschichte, läßt du deine

Hosen runter, legst die zarten Händchen auf die Kühlerhaube und streckst schön den Hintern raus. Wenn ich etwas vergessen habe, erinnerst du mich daran. Jetzt erzähl weiter und verplemper nicht meine Zeit.«

»Als sie fertig waren, öffnete die Frau die Wagentür und stieg aus. Sie zupfte sich den Rock zurecht und schlug die Tür wieder zu. Der Mann blieb, statt den Motor anzulassen und wegzufahren, auf seinem Platz sitzen, den Kopf nach hinten gelehnt. Die Frau ging dicht an Carmens Auto vorbei, und genau in dem Moment wurde sie von den Scheinwerfern eines Autos erfaßt. Es war eine schöne Frau, blond, elegant. Über der linken Schulter trug sie eine Umhängetasche. Sie ist auf die alte Fabrik zugelaufen.«

»Sonst noch was?«

»Ja. Manuele hat bei seinem Kontrollgang gesehen, wie sie von der Mànnara aus in Richtung Landstraße ging. Nachdem sie ihm, so wie sie angezogen war, nicht als eine Frau erschien, wie man sie sonst an der Mànnara trifft, wollte er ihr folgen, aber ein Auto hat sie mitgenommen.«

»Moment mal, Gegè. Manuele hat gesehen, wie sie mit erhobenem Daumen dastand und darauf wartete, daß jemand sie mitnimmt?«

»Salvo, wie kommst du denn auf so was? Du bist wirklich der geborene Bulle.«

»Warum?«

»Weil genau dieser Punkt Manuele stutzig gemacht hat. Soll heißen, er hat nicht gesehen, daß die Frau gewunken hätte, trotzdem hat das Auto angehalten. Und nicht nur das. Manuele hatte sogar den Eindruck, als hätte das Auto, das mit hoher Geschwindigkeit angerast kam, die Wagentür schon offen, als es bremste, um sie einsteigen zu lassen. Manuele hat nicht mal daran gedacht, die Nummer aufzuschreiben. Warum auch.«

»Natürlich. Und über den Mann im BMW, über Luparello, kannst du mir nichts sagen?«

»Wenig, er trug eine Brille. Ach ja, und eine Jacke, trotz wilder Leidenschaft und großer Hitze. An einem Punkt jedoch weicht Millys Erzählung von der Carmens ab. Milly sagt, als das Auto ankam, hätte der Mann eine Krawatte oder ein schwarzes Tuch um den Hals gebunden gehabt. Carmen behauptet dagegen, er hätte das Hemd offen gehabt. Das erscheint mir allerdings nicht so wichtig, denn die Krawatte hätte sich unser Ingegnere auch beim Vögeln abnehmen können, vielleicht störte sie ihn.«

»Die Krawatte schon und die Jacke nicht? Das ist nicht unwichtig, Gegè, denn im Wagen sind weder eine Krawatte noch ein Tuch gefunden worden.«

»Das muß nichts heißen, die Sachen können in den Sand gefallen sein, als die Frau ausstieg.«

»Jacomuzzis Männer haben alles abgegrast, sie haben nichts gefunden.«

Sie verharrten in nachdenklichem Schweigen.

»Vielleicht gibt es eine Erklärung für das, was Milly gesehen hat«, sagte Gegè plötzlich. »Es handelte sich weder um eine Krawatte noch um ein Tuch. Der Mann hatte noch den Sicherheitsgurt angelegt – kannst dir ja vorstellen, wie das ist, sie waren durch das Flußbett des Canneto gefahren, voller Steine –, und er hat sich losgeschnallt, als sich die Frau auf seine Beine gesetzt hat, der Sicherheitsgurt, der hätte ihn bestimmt gewaltig gestört.«

»Kann sein.«

»Salvo, ich habe dir alles gesagt, was ich über diese Sache in Erfahrung bringen konnte. Und ich erzähle dir das in eigenem Interesse. Denn mir ist das überhaupt nicht angenehm, daß ein hohes Tier wie der Luparello an der Mànnara abkratzt. Jetzt sind aller Augen darauf gerichtet, und je eher du mit der Untersuchung fertig bist, desto besser. Nach zwei Tagen haben die Leute das Ganze vergessen, und wir können alle in Ruhe weiterarbeiten. Kann ich jetzt gehen? Um diese Stunde ist bei uns an der Mànnara Hauptverkehrszeit.«

»Warte noch einen Moment. Wie denkst du denn über die Sache?«

»Ich? Du bist doch der Polizist! Wie auch immer, um dir

eine Freude zu machen, sage ich dir, das gefällt mir gar nicht, das stinkt. Nehmen wir mal an, daß die Frau eine Nutte aus gehobenen Kreisen war, eine von außerhalb. Du willst mir doch nicht erzählen, daß Luparello nicht wußte, wohin er mit ihr gehen sollte?«

»Gegè, weißt du, was das ist, eine Perversion?«

»Das fragst du ausgerechnet mich? Ich könnte dir ein paar aufzählen, da kotzt du mir auf die Schuhe. Ich weiß, was du sagen willst: daß die zwei zur Mànnara gefahren sind, weil der Ort sie mehr erregte. Ist durchaus schon vorgekommen. Weißt du, daß sich eines Nachts sogar mal ein Richter mit Geleit präsentiert hat?«

»Ehrlich? Und wer war das?«

»Der Richter Cosentino, den Namen kann ich dir ruhig verraten. Am Abend, bevor sie ihn mit Tritten in den Hintern nach Hause geschickt haben, kam er mit einem Dienstwagen an die Mànnara, holte sich einen Transvestiten und nahm ihn sich vor.«

»Und seine Begleiter?«

»Die haben einen langen Spaziergang am Meer gemacht. Aber zurück zur Sache: Cosentino wußte, daß er auf der Abschlußliste stand, und hat sich den Spaß erlaubt. Unser werter Ingegnere allerdings, was konnte der denn für ein Interesse haben? Er war nicht der Typ für solche Dinge. Er hatte was übrig für schöne Frauen, das wissen alle, aber er war vorsichtig, stets darauf bedacht, sich nicht erwischen zu lassen. Und wer sollte die Frau sein, für die er alles, was er hatte und darstellte, aufs Spiel gesetzt hätte? Das alles nur wegen einem Fick? Nein, das überzeugt mich nicht, Salvo.«

»Red weiter.«

»Wenn wir jedoch davon ausgehen, daß die Frau keine Nutte war, wird das Ganze noch seltsamer. Nie im Leben hätte sie sich an der Mànnara sehen lassen. Außerdem wurde das Auto von einer Frau gelenkt, soviel ist sicher. Mal abgesehen davon, daß niemand einen Wagen, der soviel wert ist, einer Nutte überläßt, muß einem diese Frau ja einen richtigen Schrecken einjagen. Zuerst hat sie keinerlei Schwierigkeiten, durch das Flußbett des Canneto hinunterzufahren, dann, als ihr der Ingegnere zwischen den Schenkeln wegstirbt, klettert sie gelassen von ihrem Kunden, steigt aus, streicht sich den Rock glatt, schlägt die Wagentür zu, und ab durch die Mitte. Findest du das normal?«

»Ich finde das nicht normal.«

Da begann Gegè zu lachen und knipste das Feuerzeug an.

»Was ist denn in dich gefahren?«

»Komm her, mein Junge. Halt mal dein Gesicht näher ran.«

Der Commissario beugte sich vor, und Gegè leuchtete ihm in die Augen. Dann machte er das Feuerzeug aus.

»Alles klar. Die Gedanken, die du als Mann des Gesetzes gehabt hast, sind genau die gleichen, die mir als Mann der Unterwelt gekommen sind. Und du wolltest nur wissen, ob sie übereinstimmen, richtig, Salvo?«
»Ja, du hast den Nagel auf den Kopf getroffen.«
»Selten, daß ich mich täusche, bei dir. Leb wohl denn.«
»Danke«, sagte Montalbano.
Der Commissario fuhr als erster los, doch kurz darauf überholte ihn sein Freund und gab ihm Zeichen, langsamer zu fahren.
»Was willst du denn?«
»Ich weiß wirklich nicht, wo mir manchmal der Kopf steht. Ich wollte es dir eben schon sagen. Weißt du, daß du wirklich nett ausgesehen hast, heute nachmittag an der Mànnara, Hand in Hand mit der Inspektorin Ferrara?«
Er beschleunigte, legte einen Sicherheitsabstand zwischen sich und den Commissario, dann hob er einen Arm, um ihm zum Abschied zu winken.

Als Montalbano zu Hause ankam, machte er sich ein paar Notizen über das, was Gegè ihm berichtet hatte. Bald aber konnte er vor Müdigkeit kaum noch die Augen offenhalten. Er blickte auf die Uhr, sah, daß es kurz nach eins war, und ging schlafen. Das energische Läuten der Türklingel weckte ihn, er sah wieder auf die Uhr, es war

Viertel nach zwei. Er stand mühsam auf. Kurz nach dem Einschlafen geweckt, hatte er immer langsame Reflexe.

»Wer zum Teufel ist das denn, um diese Uhrzeit?«

So wie er war, nur mit einer Unterhose bekleidet, ging er die Tür öffnen.

»Ciao«, begrüßte Anna ihn.

Das hatte er völlig vergessen, das Mädchen hatte ihm gesagt, es würde um diese Zeit zu ihm kommen. Anna musterte ihn mit neugierigen Blicken.

»Ich sehe, du bist in der richtigen Aufmachung«, sagte sie und trat ein.

»Sag mir, was du mir sagen mußt, und dann schleich dich heim, ich bin todmüde.«

Montalbano war wirklich verärgert über die Ruhestörung. Er ging ins Schlafzimmer, zog Hose und Hemd über und kehrte ins Eßzimmer zurück. Anna stand jedoch bereits in der Küche vor dem offenen Kühlschrank und biß in ein Brötchen mit Schinken.

»Ich sterbe fast vor Hunger.«

»Sprich, während du ißt.«

Montalbano stellte die neapolitanische Kaffeemaschine aufs Gas.

»Machst du dir einen Kaffee? Um diese Uhrzeit? Kannst du denn dann noch einschlafen?«

»Anna, ich bitte dich!« Er schaffte es einfach nicht, nett und freundlich zu sein.

»Ist ja schon gut! Heute nachmittag habe ich von einem Kollegen, der seinerseits von einem Vertrauensmann informiert wurde, erfahren, daß seit gestern morgen, also Dienstag, ein Typ sämtliche Juweliere, Hehler, alle illegalen und offiziellen Pfandleihhäuser abklappert und jeden auffordert, ihn sofort zu verständigen, wenn jemand käme, um ein bestimmtes Schmuckstück zu verkaufen oder zu verpfänden. Es handelt sich um eine Art Collier. Die Kette ist aus Massivgold, der Anhänger in Herzform ist mit Brillanten besetzt. Diese Dinger gibt's im Kaufhaus für zehntausend Lire. In unserem Fall aber handelt es sich um ein echtes Stück.«

»Und wie sollen sie ihn verständigen, mit einem Anruf?«

»Red keinen Unsinn. Mit einem bestimmten Zeichen, was weiß ich, der eine hängt ein grünes Tuch ins Fenster, ein anderer klemmt eine Zeitung an die Haustür oder ähnliches. Ganz schön schlau, so sieht er alles, ohne selbst gesehen zu werden.«

»Einverstanden, aber mir ...«

»Laß mich ausreden. So wie der sich ausdrückte und auftrat, hielten die angesprochenen Leute es für ratsam, zu tun, was er sagte. Dann haben wir erfahren, daß gleichzeitig noch andere Personen in allen Ortschaften der Provinz, Vigàta eingeschlossen, sämtliche in Frage kommenden Läden und Geschäfte abgeklappert haben. Woraus zu schließen ist, daß derjenige, der die Kette verloren hat, sie unbedingt zurückhaben möchte.«

»Ich kann daran nichts Ungewöhnliches finden. Warum sollte mich das Ganze deiner Meinung nach interessieren?«

»Weil der Mann einem Hehler aus Montelusa gesagt hat, daß die Kette wahrscheinlich in der Nacht von Sonntag auf Montag an der Mànnara verloren wurde. Interessiert dich das Ganze jetzt?«

»Bis zu einem gewissen Punkt.«

»Ich weiß, es kann reiner Zufall sein und mit dem Tod Luparellos überhaupt nichts zu tun haben.«

»Danke jedenfalls. Jetzt geh aber heim, es ist spät.«

Der Kaffee war fertig, Montalbano goß sich eine Tasse ein, und natürlich nutzte Anna die Situation aus.

»Und ich bekomme nichts?«

Mit Engelsgeduld füllte der Commissario eine weitere Tasse und reichte sie ihr. Anna gefiel ihm, aber warum wollte sie nicht endlich begreifen, daß er in eine andere Frau verliebt war?

»Nein«, sagte Anna plötzlich und setzte die Tasse wieder ab.

»Wie, nein?«

»Ich will nicht nach Hause fahren. Hättest du denn wirklich etwas dagegen, wenn ich heute nacht hier bei dir bleibe?«

»Ja, ich habe in der Tat etwas dagegen.«

»Aber warum?«

»Ich bin zu gut mit deinem Vater befreundet, ich hätte das Gefühl, ihn zu hintergehen.«

»So ein Quatsch!«

»Mag schon sein, daß es Quatsch ist, aber so ist es eben. Und dann vergißt du, daß ich in eine andere Frau verliebt bin, und zwar ernsthaft.«

»Die nicht da ist.«

»Sie ist nicht da, aber es ist trotzdem so, als wäre sie da. Sei nicht töricht und red kein dummes Zeug. Du hast Glück gehabt, Anna, du hast es mit einem ehrlichen Mann zu tun. Tut mir leid. Entschuldige.«

Er konnte nicht mehr einschlafen. Anna hatte recht gehabt mit ihrer Warnung, daß der Kaffee ihn wachhalten würde. Aber da war noch etwas anderes, das ihn nervös machte: Wenn die Kette an der Mànnara verloren worden war, dann hatte man bestimmt auch Gegè darüber informiert. Aber Gegè hatte sich gehütet, ihm etwas davon zu erzählen, und das sicherlich nicht, weil es sich um eine Nebensächlichkeit handelte.

Sechs

Um halb sechs Uhr morgens, nach einer unruhigen Nacht, in der er abwechselnd aufgestanden war und sich wieder hingelegt hatte, schmiedete Montalbano einen Plan, um Gegè indirekt sein Stillschweigen über die verlorene Halskette und die freche Bemerkung über seinen Besuch an der Mànnara heimzuzahlen. Er duschte ausgiebig, trank drei Kaffee hintereinander und setzte sich ins Auto. In Rabàto angekommen, dem ältesten Stadtviertel von Montelusa, das dreißig Jahre zuvor von einem Erdrutsch zerstört worden war und in dessen notdürftig hergerichteten Ruinen, beschädigten und baufälligen Hütten illegal eingewanderte Tunesier und Marokkaner wohnten, fuhr er durch enge und gewundene Gassen zur Piazza Santa Croce. Die Kirche stand unversehrt inmitten der Trümmer. Er zog den Zettel aus der Hosentasche, den Gegè ihm gegeben hatte. Carmen, mit bürgerlichem Namen Fatma Ben Gallud, Tunesierin, wohnte in Nummer 48. Es war eine erbärmliche Baracke, ein ebenerdiges Zimmer mit einem in die hölzerne Eingangstür geschnittenen, offenen Fensterchen, das ein wenig Luft hereinließ. Er klopfte. Keine Antwort. Er klopfte noch mal und stärker, und dieses Mal fragte eine verschlafene Stimme: »Wer da?«

»Polizei«, versetzte Montalbano. Er hatte sich entschlossen, den harten Burschen zu spielen und die Benommenheit der aus dem Schlaf gerissenen Frau auszunutzen. Wenn sie die ganze Nacht an der Mànnara gewesen war, hatte sie wahrscheinlich noch weniger geschlafen als er.

Die Tür ging auf, die Frau bedeckte sich mit einem großen Strandtuch, das sie mit einer Hand in Brusthöhe festhielt.

»Was willst du?«

»Mit dir reden.«

Sie trat zur Seite. In der Baracke standen ein halbseitig zerwühltes Doppelbett, ein kleiner Tisch mit zwei Stühlen, ein Gaskocher. Ein Plastikvorhang trennte das Waschbecken und die Toilettenschüssel vom restlichen Raum. Alles glänzte vor Sauberkeit. Aber der Geruch der Frau und der Duft des gewöhnlichen Parfums, das sie benutzte, schnürten Montalbano fast die Luft ab.

»Laß mal deine Aufenthaltsgenehmigung sehen.«

Scheinbar erschrocken ließ die Frau das Handtuch fallen und bedeckte sich mit den Händen die Augen. Lange Beine, schmale Taille, flacher Bauch, hohe und feste Brüste – eine Traumfrau wie aus der Fernsehwerbung. Nach einem Augenblick, in dem Fatma unbeweglich dastand, wurde Montalbano bewußt, daß es sich nicht um Angst handelte, sondern um den Versuch, zur natürlichsten und häufigsten Verständigung zwischen Mann und Frau zu kommen.

»Zieh dir was an.«

Von einer Ecke der Hütte zur anderen war ein Eisendraht gespannt. Fatma ging darauf zu, wohlgeformte Schultern, perfekter Rücken und kleine rundliche Hinterbacken.

Mit diesem Körper, dachte Montalbano insgeheim, muß sie einiges durchgemacht haben.

Er stellte sich die Männer vor, wie sie verstohlen Schlange standen, in gewissen Büros, bei verschlossenen Türen, hinter denen Fatma sich die »Toleranz der Behörden« erkaufte, wie er es mitunter gelesen hatte, jene Toleranz, die sich weniger auf Respekt als auf die »Duldung« augenzwinkernd bewilligter Ausnahmen gründete. Fatma zog sich ein leichtes Baumwollkleid über den nackten Körper und blieb dann vor Montalbano stehen.

»Also, die Papiere?«

Die Frau schüttelte verneinend den Kopf und begann still zu weinen.

»Du brauchst keine Angst zu haben«, sagte der Commissario.

»Ich keine Angst. Ich sehr viel Pech.«

»Und warum?«

»Weil, wenn du einige Tage warten, ich war nicht mehr da.«

»Und wohin wolltest du gehen?«

»Da ist Signore aus Fela, mich mögen, ich ihm gefallen, Sonntag gesagt, mich will heiraten. Ich ihm glaube.«

»Ist das der, der jeden Samstag und Sonntag zu dir kommt?«

Fatma riß vor Erstaunen die Augen auf.

»Wie du wissen?«

Sie fing erneut an zu weinen.

»Aber jetzt alles aus.«

»Verrat mir mal eines. Läßt Gegè dich mit diesem Signore aus Fela weggehen?«

»Signore gesprochen mit Gegè. Signore bezahlen.«

»Hör zu, Fatma, tu so, als wäre ich nicht hier gewesen. Ich möchte dich nur etwas fragen, und wenn du mir ehrlich antwortest, drehe ich mich um und gehe weg, und du kannst dich wieder hinlegen.«

»Was willst du wissen?«

»Haben sie dich an der Mànnara gefragt, ob du was gefunden hast?«

Die Augen der Frau leuchteten auf.

»O ja! Signor Filippo gekommen, Mann von Signor Gegè, allen gesagt, wenn wir Goldkette finden mit Herz aus Brillanten, ihm sofort geben. Wenn nicht gefunden, suchen.«

»Und weißt du, ob sie gefunden wurde?«

»Nein. Auch heute nacht alle suchen.«

»Danke«, sagte Montalbano und wandte sich zur Tür. An der Schwelle blieb er stehen, drehte sich mit einem mitfühlenden Blick zu Fatma um.

»Viel Glück.«

Jetzt hatte Gegè ausgespielt. Was er ihm sorgfältig verschwiegen hatte, Montalbano hatte es dennoch herausbekommen. Und aus dem, was Fatma ihm eben erzählt hatte, zog er eine logische Schlußfolgerung.

Um sieben Uhr früh war er im Kommissariat, so früh, daß der diensthabende Beamte ihn besorgt ansah.

»Dottore, is' was?«

»Nein, nichts«, beruhigte er ihn. »Ich bin nur früh aufgewacht.«

Er hatte sich die beiden Tageszeitungen der Insel gekauft und begann darin zu lesen. Mit ausführlicher Beschreibung von Einzelheiten kündigte die erste die feierliche Beisetzung Luparellos für den folgenden Tag an. Sie würde in der Kathedrale stattfinden, der Bischof persönlich würde die Messe zelebrieren. Angesichts des vorhersehbaren Andrangs von Persönlichkeiten, die kommen würden, um ihr Beileid auszusprechen und dem Toten die letzte Ehre zu erweisen, habe man außergewöhnliche Sicherheitsvorkehrungen getroffen. Genauer gesagt erwarte man zwei Minister, vier Unterstaatssekretäre, achtzehn Abgeordnete und Senatoren sowie eine Unmenge regionaler Deputierter. Und folglich habe man Polizei, Carabinieri, Finanz- und Stadtpolizei aufgeboten, nicht mitgerechnet die persönlichen Eskorten und andere, noch persönlichere, über die sich die Zeitung ausschwieg. Diese hatten natürlich ebenfalls mit der öffentlichen Ordnung zu tun, auch wenn sie jenseits der Barrikade standen, die sie vom Gesetz, *la liggi*, trennte.

Die zweite Zeitung schrieb mehr oder weniger dasselbe, wußte aber darüber hinaus zu berichten, daß die Leiche im Lichthof des Palazzo Luparello aufgebahrt sei. Eine nicht enden wollende Schlange von Menschen ziehe vorbei, um dem Toten die letzte Ehre zu erweisen als Dank für alles, was er zu Lebzeiten durch sein unermüdliches und unparteiisches Tun bewirkt habe.

Indessen war der Brigadiere Fazio eingetroffen. Montalbano führte mit ihm ein langes Gespräch über die laufenden Ermittlungen. Aus Montelusa gingen ein paar Anrufe ein. Es wurde Mittag. Der Commissario öffnete eine Aktenmappe, jene, die die Aussage der Müllmänner über die Auffindung der Leiche enthielt, notierte sich ihre Adressen, grüßte den Brigadiere und die anderen

Beamten und teilte mit, daß er am Nachmittag von sich hören lassen werde.
Wenn Gegès Männer mit den Nutten über die Kette gesprochen hatten, dann hatten sie bestimmt auch mit den Müllmännern geredet.

Discesa Gravet, Nummer achtundzwanzig, ein dreistöckiges Gebäude mit Sprechanlage. Die Stimme einer älteren Frau ertönte:
»Ja?«
»Ich bin ein Freund von Pino.«
»Mein Sohn ist nicht da.«
»Hat er denn noch nicht Feierabend bei der ›Splendor‹?«
»Doch, schon, aber er is' woanders hin.«
»Könnten Sie mir bitte öffnen, Signora? Ich muß ihm nur einen Umschlag dalassen. Welcher Stock?«
»Letzter.«
Eine würdevolle Armut, zwei Zimmer, Wohnküche, Toilette. Die Räume waren überschaubar, kaum daß man eingetreten war. Die Signora, eine schlicht gekleidete, etwa fünfzigjährige Frau, ging voran.
»Hier entlang, in Pinos Zimmer.«
Ein kleiner Raum, vollgestopft mit Büchern, Zeitschriften, unter der Fensterbank ein mit Papierbögen übersätes Tischchen.
»Wo ist Pino denn hin?«

»Nach Raccadali, da probt er ein Stück von Martoglio, das vom enthaupteten Johannes dem Täufer. Meinem Sohn gefällt das, *fari u triatru*, Theater spielen.« Ihr mütterlicher Stolz drückte sich in einem starken sizilianischen Dialekt aus, einer Sprache, die Gefühle soviel besser in Worte zu fassen vermag.

Montalbano ging zu dem Tischchen. Offensichtlich arbeitete Pino gerade an einer Komödie, auf ein Blatt Papier hatte er eine Reihe von Dialogen geschrieben. Plötzlich las der Commissario einen Namen, der ihn wie ein Blitz traf.

»Signora, könnten Sie mir bitte ein Glas Wasser bringen?«

Kaum war die Frau hinausgegangen, faltete er das Blatt zusammen und steckte es ein.

»Das Couvert«, erinnerte ihn die Signora, als sie zurückkam und ihm das Glas reichte.

Montalbano führte eine perfekte Pantomime vor, Pino hätte ihn, wäre er da gewesen, sehr bewundert. Er wühlte in seinen Hosentaschen, dann, hastiger, in den Jackentaschen, machte ein überraschtes Gesicht, und zum Schluß schlug er sich mit der geschlossenen Faust gegen die Stirn.

»Was bin ich doch für ein Idiot! Ich hab' das Couvert im Büro liegenlassen! Dauert nur fünf Minuten, Signora, ich geh' es schnell holen, bin gleich wieder da.«

Er setzte sich ins Auto, zog das Blatt heraus, das er soeben gestohlen hatte, und was er las, stimmte ihn düster. Er ließ den Motor an und fuhr los. Via Lincoln 102. In seiner Aussage hatte Saro auch das Innere des Gebäudes genau beschrieben. Über den Daumen gepeilt mußte der Müllmann und Landvermesser im sechsten Stock wohnen.

Die Haustür stand offen, aber der Aufzug war kaputt. Er stieg die sechs Stockwerke zu Fuß hinauf und genoß dann die innere Befriedigung, richtig geschätzt zu haben: Ein glänzend poliertes Namensschild trug den Schriftzug »MONTAPERTO BALDASSARE«. Eine zierliche junge Frau öffnete ihm. Sie hatte ein Kind auf dem Arm und sah ihn verängstigt an.

»Ist Saro da?«

»Er ist in die Apotheke gegangen, um Medikamente für unseren Sohn zu holen. Er kommt aber jeden Moment zurück.«

»Warum, ist er krank?«

Ohne zu antworten, streckte die Frau das Kind hin, damit er es selbst sehen konnte. Der kleine Kerl war tatsächlich krank, und wie! Gelbe Gesichtsfarbe, die Wangen hohl, große, erwachsen wirkende Augen, die ihn zornig anblickten. Montalbano fühlte Mitleid, er ertrug es nicht, wenn unschuldige kleine Kinder leiden mußten.

»Was hat er?«
»Die Ärzte können es sich nicht erklären. Wer sind Sie?«
»Ich heiße Virduzzo und bin der Buchhalter von der ›Splendor‹.«
»Kommen Sie rein.«
Die Frau schien beruhigt. Die Wohnung war unordentlich; es war nicht zu übersehen, daß Saros Ehefrau sich zu sehr um den Kleinen kümmern mußte, um auf anderes achten zu können.
»Was wollen Sie von Saro?«
»Ich glaube, ich habe – und das ist allein meine Schuld – bei der letzten Lohnabrechnung einen Fehler gemacht. Ich möchte gerne seinen Lohnzettel sehen.«
»Wenn's nur darum geht«, sagte die Frau, »brauchen wir nicht auf Saro zu warten. Den Lohnzettel kann auch ich Ihnen zeigen. Kommen Sie!«
Montalbano folgte ihr, er hatte bereits einen neuen Vorwand parat, um die Rückkehr des Ehemannes abwarten zu können.
Im Schlafzimmer herrschte ein übler Geruch, wie von sauer gewordener Milch. Die Frau versuchte die oberste Schublade einer Kommode zu öffnen, schaffte es aber nicht. Sie konnte nur eine Hand benutzen, im anderen Arm hielt sie den Kleinen.
»Wenn Sie erlauben, mache ich das«, sagte Montalbano.
Die Frau trat zurück, der Commissario zog die Schub-

lade auf, die voller Papiere war, Rechnungen, Arzneirezepte, Quittungen.

»Wo liegen die Lohnzettel?«

In dem Moment trat Saro ins Schlafzimmer. Sie hatten ihn nicht kommen hören, die Wohnungstür war offen geblieben. Als er sah, wie Montalbano in der Schublade wühlte, begriff er sogleich, daß der Commissario die Wohnung nach der Halskette durchsuchte. Er wurde blaß, begann zu zittern, lehnte sich an den Türpfosten.

»Was wollen Sie?« stieß er mühsam hervor.

Entsetzt über das offensichtliche Erschrecken ihres Mannes, sprach die Frau, bevor Montalbano antworten konnte.

»Aber das ist doch der Buchhalter Virduzzo!«

»Virduzzo? Das ist Commissario Montalbano!«

Die Frau schwankte, und Montalbano eilte herbei, aus Angst, der Kleine könne gemeinsam mit seiner Mutter zu Boden stürzen. Er half ihr, sich aufs Bett zu setzen. Dann sprach der Commissario, und die Worte kamen aus seinem Mund, ohne daß das Gehirn beteiligt gewesen wäre, ein Phänomen, das ihm bereits andere Male widerfahren war und das ein berühmter Journalist einmal als »den Blitz der Intuition, der hin und wieder unsere Polizisten trifft« bezeichnet hatte.

»Wo habt ihr die Kette hingetan?«

Saro bewegte sich steif, um zu verhindern, daß ihm die

wachsweichen Beine wegsackten. Er ging zur Kommode, öffnete die Schublade und zog ein in Zeitungspapier gewickeltes Päckchen heraus, das er auf das Bett warf. Montalbano nahm es auf, ging in die Küche, setzte sich und öffnete das Päckchen. Es war ein grobes und zugleich höchst feines Schmuckstück: grob im Design, fein in der Ausführung und dem Schliff der Brillanten, mit denen es besetzt war. Saro war Montalbano in die Küche gefolgt.

»Wann hast du es gefunden?«

»Am Montag früh, an der Mànnara.«

»Hast du mit jemandem darüber gesprochen?«

»Nein! Nur mit meiner Frau.«

»Und ist jemand gekommen, um dich zu fragen, ob du so eine Kette gefunden hast?«

»Jaja, Filippo di Cosmo, einer von Gegè Gulottas Leuten.«

»Und du, was hast du ihm gesagt?«

»Daß ich sie nicht gefunden hätte.«

»Hat er dir geglaubt?«

»Jaja, ich glaube schon. Und er hat gesagt, wenn ich sie zufällig finde, muß ich sie ihm geben, ohne Dummheiten zu machen, denn es handele sich um eine sehr heikle Angelegenheit.«

»Hat er dir etwas versprochen?«

»Jaja. Eine ordentliche Tracht Prügel, wenn ich sie finde

und behalte, fünfzigtausend Lire, wenn ich sie finde und ihm übergebe.«
»Was wolltest du mit dem Schmuck machen?«
»Ich wollte ihn verpfänden. Das hatten wir so entschieden, Tana und ich.«
»Wolltet ihr ihn denn nicht verkaufen?«
»Nein, nein! Er gehört uns ja nicht. Wir haben einfach so getan, als hätte man ihn uns geliehen, wir wollten das nicht ausnutzen.«
»Wir sind ehrliche Leute«, mischte die Ehefrau sich ein, die hereingekommen war und sich die Tränen trocknete.
»Was wolltet ihr mit dem Geld machen?«
»Wir hätten es genommen, um unseren Sohn behandeln zu lassen. Wir hätten ihn woanders hinbringen können, nach Rom, nach Mailand, irgendwohin, Hauptsache, es gibt dort Ärzte, die ihr Handwerk verstehen.«
Einc Weile sagte niemand etwas. Dann bat Montalbano die Frau um zwei Papierbögen, welche diese aus einem Heft riß, in das sie sonst die Haushaltsausgaben eintrug. Der Commissario reichte Saro eines der beiden Blätter.
»Mach mir eine Zeichnung! Ich brauche die genaue Stelle, an der du die Kette gefunden hast. Du bist doch Landvermesser, oder nicht?«
Während Saro die Zeichnung anfertigte, schrieb Montalbano auf das andere Blatt Papier folgenden Text:

»Ich, der Unterzeichnende Salvo Montalbano, Polizeikommissar von Vigàta (Provinz Montelusa), erkläre hiermit, am heutigen Tage von Signor Baldassare Montaperto, genannt Saro, eine Halskette aus Massivgold mit einem Anhänger in Herzform, ebenfalls aus Massivgold und mit Diamanten besetzt, erhalten zu haben. Das Schmuckstück hat er selbst im als ›Mànnara‹ bezeichneten Gebiet gefunden, während er seiner Arbeit als Hilfsumweltpfleger nachging. Hochachtungsvoll.«

Er unterzeichnete, hielt aber nachdenklich inne, bevor er das Datum daruntersetzte. Dann entschied er sich und schrieb: »Vigàta, 9. September 1993.« Inzwischen war auch Saro fertig geworden. Sie tauschten die Blätter aus.

»Ausgezeichnet«, sagte der Commissario und begutachtete die exakte Zeichnung.

»Hier steht aber ein verkehrtes Datum«, bemerkte Saro. »Der neunte, das war der vergangene Montag. Heute haben wir den elften.«

»Das ist schon in Ordnung so. Du hast mir die Halskette noch am selben Tag, an dem du sie gefunden hast, ins Büro gebracht. Du hattest sie in der Tasche, als du ins Kommissariat gekommen bist, um mir zu melden, daß ihr Luparello tot aufgefunden habt. Hast sie mir aber erst später gegeben, weil du nicht wolltest, daß dein Arbeitskollege etwas davon erfährt. Klar?«

»Wenn Sie meinen.«

»Halt sie in Ehren, diese Quittung.«

»Was machen Sie jetzt, verhaften Sie mich?«

»Warum? Was haben Sie denn verbrochen?« fragte Montalbano und erhob sich.

Sieben

In der Osteria San Calogero achteten sie Montalbano, weniger weil er der Commissario war, sondern vielmehr weil er ein angenehmer Gast war, einer von der Sorte, die Gutes zu schätzen wissen. Sie servierten ihm fangfrische Streifenbarben, die knusprig fritiert und eine kurze Weile auf Papier abgetropft waren.
Nach dem Kaffee und einem langen Spaziergang an der östlichen Mole ging er ins Büro zurück. Kaum hatte Fazio ihn gesichtet, erhob er sich hinter seinem Schreibtisch.
»Dottore, da wartet jemand auf Sie.«
»Wer denn?«
»Pino Catalano, erinnern Sie sich noch an ihn? Einer der beiden Müllmänner, die Luparellos Leiche gefunden haben.«
»Schick ihn sofort zu mir!«
Ihm fiel gleich auf, daß der junge Mann nervös und angespannt war.
»Setz dich.«

Pino ließ sich auf die Stuhlkante nieder.

»Dürfte ich vielleicht erfahren, warum Sie zu mir nach Hause gekommen sind und dieses Theater gespielt haben? Ich habe nichts zu verbergen.«

»Das habe ich getan, um deine Mutter nicht zu beunruhigen, ganz einfach. Wenn ich ihr gesagt hätte, daß ich von der Polizei bin, hätte sie womöglich der Schlag getroffen.«

»Nun, wenn das so ist – danke.«

»Wie bist du eigentlich darauf gekommen, daß ich es war, der dich gesucht hat?«

»Ich rief meine Mutter an, um zu fragen, wie sie sich fühlt. Als ich morgens weggegangen war, hatte sie Kopfschmerzen. Sie hat mir gesagt, daß ein Mann da war, um mir einen Umschlag zu übergeben, den er allerdings vergessen hatte. Er sei wieder gegangen, um ihn zu holen, habe sich dann aber nicht mehr blicken lassen. Da bin ich hellhörig geworden und habe meine Mutter gefragt, wie der Kerl aussah. Wenn Sie für jemand anders gehalten werden wollen, sollten Sie das Muttermal unter Ihrem linken Auge wegmachen lassen. Was wollen Sie von mir?«

»Eine Frage. Hat dich an der Mànnara jemand gefragt, ob du eine Kette gefunden hast?«

»Ja, einer, den Sie gut kennen, Filippo di Cosmo.«

»Und du?«

»Ich habe ihm gesagt, daß ich keine gefunden habe, was ja auch die Wahrheit ist.«

»Und er?«

»Er hat mir gesagt, wenn ich sie finde, um so besser, dann würde er mir fünfzigtausend Lire schenken; wenn ich sie jedoch finde und ihm nicht aushändige, um so schlimmer. Haargenau dieselben Worte, die er zu Saro gesagt hat. Aber Saro hat die Kette auch nicht gefunden.«

»Warst du bei ihm zu Hause, bevor du hierher gekommen bist?«

»Nicht doch, ich bin schnurstracks hergekommen.«

»Du schreibst Theaterstücke?«

»Nein, aber ich spiele gerne, ab und zu.«

»Und was ist dann das hier?«

Montalbano reichte ihm das Blatt Papier, das er von dem kleinen Tisch genommen hatte. Pino betrachtete es völlig gelassen und schmunzelte.

»Nein, das ist kein Theaterstück, das ist ...«

Er verstummte, verstört. Ihm war aufgegangen, daß er, wenn dies nicht die Dialoge eines Theaterstückes waren, erklären müßte, was es in Wirklichkeit mit dem Text auf sich hatte. Und das wäre nicht ganz einfach.

»Ich komme dir entgegen«, sagte Montalbano. »Das ist die Niederschrift eines Telefongesprächs, das einer von euch beiden mit dem Avvocato Rizzo gleich nach der Entdeckung der Leiche geführt hat. Und zwar noch bevor ihr zu mir ins Kommissariat gekommen seid, um eure Entdeckung zu melden. Stimmt's?«

»Na ja.«

»Wer hat angerufen?«

»Ich. Saro stand daneben und hat mitgehört.«

»Warum habt ihr das getan?«

»Weil der Ingegnere eine bedeutende Persönlichkeit war, ein mächtiger Mann. Und wir dachten, da verständigen wir am besten den Avvocato. Halt, nein, am Anfang wollten wir den Abgeordneten Cusumano anrufen.«

»Und warum habt ihr das nicht getan?«

»Weil Cusumano, jetzt, wo Luparello tot ist, dasteht wie einer, der bei einem Erdbeben nicht nur das Haus, sondern auch das Geld verloren hat, das er unterm Kopfkissen liegen hatte.«

»Erklär mir mal genauer, warum ihr Rizzo verständigt habt.«

»Weil es durchaus möglich gewesen wäre, daß man noch was hätte machen können.«

»Was?«

Pino antwortete nicht, er schwitzte, fuhr sich mit der Zunge über die Lippen.

»Ich komme dir noch ein Stück entgegen. Möglich, daß man noch etwas hätte machen können, hast du gesagt. Also, zum Beispiel das Auto von der Mànnara wegfahren, damit der Tote andernorts gefunden wird? Und um so was, dachtet ihr, würde Rizzo euch vielleicht bitten?«

»Ja.«

»Und ihr hättet das auch getan?«

»Natürlich! Deswegen haben wir ja bei ihm angerufen!«

»Was habt ihr euch als Gegenleistung erhofft?«

»Daß er uns vielleicht eine andere Arbeit besorgt, uns eine Ausschreibung für Landvermesser gewinnen läßt, uns eine richtige Arbeitsstelle sucht, uns einfach von diesem erbärmlichen Müllmännerdasein erlöst. Commissario, Sie wissen das doch besser als ich: Wenn einem nicht auf die Sprünge geholfen wird, kommt man nie zu was.« Pino sprach nun in starkem sizilianischen Dialekt, wie um seinem Unmut endlich Luft zu machen.

»Erkläre mir mal das Wichtigste: Warum hast du dieses Gespräch aufgeschrieben? Wolltest du es benutzen, um ihn zu erpressen?«

»Wie denn? Mit Worten? Worte sind Luft, nichts anderes.«

»Weswegen dann?«

»Wenn Sie mir glauben wollen, dann glauben Sie mir, wenn nicht, ist es mir auch egal. Ich habe dieses Telefongespräch aufgeschrieben, weil ich es mir Wort für Wort durch den Kopf gehen lassen wollte. Es klang einfach nicht gut – jedenfalls nicht für das Ohr eines Theaterschauspielers.«

»Das verstehe ich nicht.«

»Nehmen wir mal an, daß das, was hier geschrieben steht, aufgeführt werden soll, klar? Also, ich spiele den Pino, rufe, in dem Stück, früh morgens Rizzo an, um ihm zu sagen, daß ich den Mann tot aufgefunden habe, dessen Sekretär, ergebener Freund, Parteigenosse er ist. Ja, jemand, der mehr noch als ein Bruder für ihn ist. Und Rizzo bleibt in seiner Rolle kalt wie eine Hundeschnauze, regt sich nicht auf, fragt nicht, wo ich ihn gefunden habe, wie er gestorben ist, ob sie ihn erschossen haben, ob es ein Autounfall war. Nichts, rein gar nichts, er fragt lediglich, warum ich die Geschichte ausgerechnet ihm erzähle. Finden Sie etwa, das klingt gut?«

»Nein. Sprich weiter!«

»Er wundert sich nicht im geringsten, das ist es. Im Gegenteil, er versucht, zwischen sich und dem Toten eine gewisse Distanz zu schaffen, als handle es sich um eine Zufallsbekanntschaft. Er ermahnt uns, unsere Pflicht zu tun, soll heißen, die Polizei zu verständigen. Und legt wieder auf. Nein, Commissario, das ist ein völlig verqueres Stück, das Publikum würde sich totlachen, das klingt nicht gut.«

Montalbano verabschiedete Pino, behielt aber das Blatt Papier. Als der Müllmann wegging, las er es noch einmal. Es klang gut, und wie. Es klang wunderbar, wenn in Pinos hypothetischem Theaterstück, das so hypothetisch gar nicht war, Rizzo bereits vor dem Telefonat wußte, wo und wie Luparello gestorben war, und darauf brannte, daß die Leiche möglichst bald entdeckt wurde.

Jacomuzzi blickte Montalbano verdutzt an. Der Commissario stand herausgeputzt vor ihm, dunkelblauer Anzug, weißes Hemd, bordeauxfarbene Krawatte, schwarze, auf Hochglanz polierte Schuhe.

»Jesus Maria! Heiratest du?«

»Seid ihr mit Luparellos Wagen fertig? Was habt ihr gefunden?«

»Innen nichts Wichtiges. Aber ...«

»... die Stoßdämpfer waren kaputt.«

»Woher weißt du denn das?«

»Das hat mir mein sechster Sinn verraten. Hör mal zu, Jacomuzzi.«

Er zog die Halskette aus der Jackentasche, warf sie auf den Tisch. Jacomuzzi griff danach, betrachtete sie eingehend, machte ein erstauntes Gesicht.

»Die ist ja echt! Die ist mehrere Dutzend Millionen Lire wert! Ist sie gestohlen?«

»Nein, die hat einer an der Mànnara auf dem Boden gefunden und mir später übergeben.«

»An der Mànnara? Und wer soll die Nutte sein, die sich ein solches Schmuckstück leisten kann? Willst du mich auf den Arm nehmen?«

»Du müßtest es mal genau unter die Lupe nehmen, fotografieren, kurzum, deine übliche Arbeit verrichten. Schick mir die Ergebnisse, sobald du kannst.«
Das Telefon läutete, Jacomuzzi nahm ab und reichte dann den Hörer an seinen Kollegen weiter.
»Wer ist da?«
»Fazio hier, Dottore, kommen Sie sofort in die Stadt zurück, hier ist die Hölle los.«
»Erzähl.«
»Der Lehrer Contino schießt wild um sich, und zwar auf Menschen.«
»Was soll das heißen, schießt?«
»Schießen, schießen. Er hat zwei Schüsse von seiner Terrasse abgefeuert, auf die Leute, die unten in der Bar saßen, und dabei Dinge gerufen, die niemand verstanden hat. Einen dritten Schuß hat er auf mich abgegeben, als ich gerade durch die Haustür treten wollte, um nachzusehen, was da vor sich geht.«
»Hat er jemanden umgebracht?«
»Nein, er hat nur einem gewissen De Francesco einen Streifschuß am Arm verpaßt.«
»In Ordnung, ich komme sofort.«

Während Montalbano in halsbrecherischem Tempo die zehn Kilometer zurücklegte, die er von Vigàta entfernt war, dachte er an den Lehrer Contino, den er nicht nur

kannte, sondern mit dem ihn auch ein Geheimnis verband.
Sechs Monate zuvor hatte der Commissario einen Spaziergang die östliche Mole entlang bis zum Leuchtturm gemacht, wie er es zwei- oder dreimal wöchentlich zu tun pflegte. Zuvor jedoch war er an Anselmo Grecos Krämerladen vorbeigegangen, einem ärmlichen Häuschen, das sich inmitten der Boutiquen und Bars mit ihren glänzenden Spiegelwänden befremdlich ausnahm. Neben allerlei Krimskrams wie Terrakottafigürchen und verrosteten Gewichten von Waagen aus dem neunzehnten Jahrhundert verkaufte Greco Dörrobst und Nüsse, getrocknete Kichererbsen und gesalzene Kürbiskerne. Der Commissario ließ sich eine Tüte davon füllen und machte sich auf den Weg. An jenem Tag war er bis an die Spitze unterhalb des Leuchtturms gegangen. Er war bereits auf dem Rückweg, als er weiter unten am Wasser einen Mann fortgeschrittenen Alters unbeweglich mit gesenktem Kopf auf einem der zementierten Wellenbrecher sitzen sah. Die Gischt des tosenden Meeres, die ihn völlig durchnäßte, störte ihn offenbar nicht. Montalbano sah genauer hin, um erkennen zu können, ob der Mann vielleicht eine Angel in Händen hielt, aber er angelte nicht, er tat gar nichts. Plötzlich stand der Mann auf, schlug hastig ein Kreuz und stellte sich auf die Zehenspitzen.

»Halt!« schrie Montalbano.
Der Mann verharrte erstaunt, er hatte geglaubt, alleine zu sein. Mit zwei großen Schritten sprang Montalbano zu ihm hinab, packte ihn am Jackenrevers, hob ihn hoch und brachte ihn in Sicherheit.
»Was, um Himmels willen, hatten Sie denn vor? Sich umzubringen?«
»Ja.«
»Aber warum?«
»Weil meine Frau mich betrügt.«
Mit allem hatte Montalbano gerechnet, nur nicht mit dieser Begründung. Der Mann war bestimmt achtzig.
»Wie alt ist Ihre Frau?«
»Um die achtzig. Ich bin zweiundachtzig.«
Ein absurdes Gespräch in einer absurden Situation. Der Commissario hatte keine Lust, es fortzuführen, hakte den Mann unter und zwang ihn so, in Richtung Vigàta zurückzugehen. Schließlich, um das Ganze noch verrückter zu machen, stellte sich der Mann vor.
»Erlauben Sie? Ich bin Maestro Giosuè Contino, ich war Lehrer an der Grundschule. Und wer sind Sie? Natürlich nur, wenn Sie es mir sagen wollen.«
»Mein Name ist Salvo Montalbano, ich bin der Polizeikommissar von Vigàta.«
»Ach, ja? Sie kommen wie gerufen! Sagen Sie doch dieser erbärmlichen Hure von Ehefrau, daß sie mich nicht

mit Agostino De Francesco betrügen soll, sonst begeh' ich eines Tages noch eine Dummheit.«

»Wer ist dieser De Francesco?«

»Ein ehemaliger Postbote. Er ist jünger als ich, sechsundsiebzig Jahre, und hat eine Rente, die anderthalbmal so hoch ist wie meine.«

»Sind Sie sich Ihrer Sache ganz sicher, oder haben Sie nur einen Verdacht?«

»Ganz sicher. Ich schwör's Ihnen. Jeden heiligen Nachmittag, den Gott uns schenkt, trinkt dieser De Francesco einen Kaffee in der Bar unterhalb meiner Wohnung.«

»Ja und?«

»Wieviel Zeit brauchen Sie, um einen Kaffee zu trinken?«

Einen Augenblick ging Montalbano auf die harmlose Verrücktheit des alten Lehrers ein.

»Das hängt davon ab. Im Stehen ...«

»Wer spricht denn von stehen? Sitzend!«

»Na ja, das hängt davon ab, ob ich eine Verabredung habe und warten muß oder ob ich nur die Zeit totschlagen möchte.«

»Nein, mein Lieber, der setzt sich da hin, nur um meine Frau anzuschauen, und sie schaut zurück. Und sie lassen sich keine Gelegenheit entgehen, einander schöne Augen zu machen.«

Inzwischen waren sie im Ort angekommen.

»Maestro, wo wohnen Sie?«
»Am Ende der Hauptstraße, an der Piazza Dante.«
»Nehmen wir die Straße hinten herum, das ist besser.«
Montalbano wollte nicht, daß der völlig durchnäßte und vor Kälte zitternde alte Mann die Schaulust und Neugierde der Bewohner von Vigàta erregte.
»Kommen Sie mit mir hoch? Möchten Sie einen Kaffee?« fragte der Lehrer, als er die Hausschlüssel aus der Hosentasche zog.
»Nein, danke. Ziehen Sie sich um, Maestro, und trocknen Sie sich gut ab.«
Am gleichen Abend noch hatte er De Francesco, den ehemaligen Postboten, vorgeladen, einen hageren und unsympathischen alten Mann, der auf die Ratschläge des Commissario stur und mit greller Stimme reagierte.
»Ich trinke meinen Kaffee, wo es mir gefällt! Das wäre ja noch schöner. Ist es etwa verboten, in die Bar unterhalb der Wohnung dieses verkalkten Contino zu gehen? Ich muß mich schon sehr wundern über Sie, der Sie das Gesetz vertreten sollen und mir statt dessen solchen Unsinn erzählen!«

»Alles vorbei!« erklärte der Polizist, der die Neugierigen von der Haustür an der Piazza Dante fernhielt. Vor dem Eingang der Wohnung stand der Brigadiere Fazio, der mit bedauerndem Blick die Arme ausbreitete. Die Zimmer waren ordentlich aufgeräumt, sie blitzten vor Sauberkeit. Der Maestro Contino lag in einem Sessel, ein kleiner Blutfleck in Herzhöhe. Der Revolver befand sich auf dem Boden neben dem Sessel, eine uralte fünfschüssige Smith & Wesson, die mindestens aus Buffalo Bills Zeiten stammte und unglücklicherweise noch funktioniert hatte. Die Ehefrau hingegen lag ausgestreckt auf dem Bett, auch sie mit einem Blutfleck in Herzhöhe, die Hände umklammerten einen Rosenkranz. Sie mußte gebetet haben, bevor sie ihrem Mann erlaubte, sie umzubringen. Ein weiteres Mal fiel Montalbano der Polizeipräsident ein, und dieses Mal mußte er ihm recht geben: Hier konnte man von einem würdevollen Tod sprechen.

Nervös und mürrisch erteilte Montalbano dem Brigadiere seine Anordnungen und ließ ihn dann stehen, um auf den Richter zu warten. Neben einer plötzlichen Traurigkeit fühlte er nagende Gewissensbisse in sich aufkeimen: Und wenn er sich dem Maestro gegenüber verständiger gezeigt hätte? Wenn er rechtzeitig Continos Freunde, seinen Arzt verständigt hätte?

Er ging lange am Strand und an seiner geliebten Mole spazieren. Als er sich ein wenig ruhiger fühlte, kehrte er ins Büro zurück. Fazio war völlig außer sich.

»Was ist denn los, was ist passiert? Ist der Richter noch nicht gekommen?«

»Doch, er ist gekommen, sie haben die Leichen bereits weggebracht.«
»Ja, was regst du dich dann so auf?«
»Ich reg' mich auf, weil einige Dreckskerle es ausgenutzt haben, daß der halbe Ort zusah, wie der Maestro Contino um sich schoß, und derweil zwei Wohnungen von oben bis unten ausräumten. Ich hab' schon vier Leute von uns hingeschickt. Hab' auf Sie gewartet, damit ich auch hin kann.«
»In Ordnung, geh nur. Ich bleibe hier.«

Er beschloß, daß nun der Moment gekommen sei, aufs Ganze zu gehen. Die List, die er ersonnen hatte, mußte funktionieren.
»Jacomuzzi?«
»Herrgott im Himmel! Was soll denn diese verdammte Eile? Sie haben mir noch nichts über deine Kette gesagt. Ist noch zu früh.«
»Ich weiß sehr wohl, daß du mir noch nichts sagen kannst, darüber bin ich mir weiß Gott im klaren.«
»Na also, was willst du dann?«
»Dich um strengste Diskretion bitten. Diese Geschichte mit der Kette ist nicht so harmlos, wie es auf den ersten Blick aussieht. Das Ganze könnte unangenehme Folgen haben.«
»Willst du mich beleidigen? Wenn du mir sagst, daß

ich dichthalten soll, dann halte ich dicht, und wenn der liebe Gott persönlich vom Himmel heruntersteigt!«

»Signor Luparello? Es tut mir sehr leid, daß ich heute nicht zu Ihnen kommen konnte. Aber glauben Sie mir, es war mir einfach völlig unmöglich. Ich bitte Sie, Ihrer Mutter meine Entschuldigung zu übermitteln.«

»Bleiben Sie einen Moment in der Leitung, Commissario.«

Montalbano wartete geduldig.

»Commissario? Mama läßt anfragen, ob es Ihnen morgen zur gleichen Zeit recht wäre.«

Es war ihm recht, und er sagte zu.

Acht

Er kam müde nach Hause, hatte vor, gleich ins Bett zu gehen, aber wie automatisch, es war eine Art Tick, schaltete er den Fernseher an. Als der Journalist von »Televigàta« mit der Schlagzeile des Tages geendet hatte – eine Schießerei zwischen kleinen Mafiosi, die wenige Stunden zuvor am Stadtrand von Milleta stattgefunden hatte –, berichtete er, daß sich in Montelusa das Parteisekretariat der Provinz versammelt habe, zu dem der Ingenieur Luparello gehörte (oder besser: gehört hatte). Eine außerplanmäßige Sitzung, die man in weniger stürmischen Zeiten aus gebührendem Respekt dem Verstorbenen gegenüber frühestens dreißig Tage nach seinem Ableben einberufen hätte. Aber die derzeitigen politischen Turbulenzen erforderten klare und schnelle Entscheidungen. So war zum Provinzsekretär einstimmig Dottor Angelo Cardamone gewählt worden, Chefarzt für Osteologie am Krankenhaus von Montelusa, ein Mann, der Luparello aus den eigenen Reihen heraus immer bekämpft hatte, aber fair, mutig und offen. Diese

Meinungsverschiedenheiten – fuhr der Chronist fort – ließen sich vereinfacht in folgende Worte fassen: Der Ingenieur war für die Beibehaltung der Vierparteienregierung gewesen, allerdings mit Auflockerung durch junge und von der Politik noch nicht verschlissene (das heißt, noch nicht in Strafregistern erfaßte) Kräfte. Der Osteologe hingegen neigte eher zu einem, freilich behutsamen und vorsichtigen, Dialog mit der Linken. Dem Neugewählten waren Glückwunschtelegramme und -telefonate von allen Seiten zugegangen, auch die Opposition hatte gratuliert. Im Interview wirkte Cardamone bewegt, aber entschlossen. Er erklärte, er werde keinen Einsatz scheuen, um Werk und Person seines Vorgängers seligen Angedenkens in Ehren zu halten, und er schloß mit der Versicherung, daß er der neuen Partei »unermüdlich all seine Kraft und sein Fachwissen« zur Verfügung stellen werde.

»Welch ein Glück, daß er die der Partei vermacht.« Montalbano konnte sich den Kommentar nicht verkneifen, hatte doch das Fachwissen Cardamones in der Provinz mehr Krüppel geschaffen, als man im allgemeinen nach einem schweren Erdbeben zählt.

Die Worte, die der Journalist sogleich hinzufügte, ließen den Commissario die Ohren spitzen. Um sicher zu sein, daß Dottor Cardamone seinen eigenen Weg geradlinig gehen könne, ohne jene Prinzipien und Männer zu verleugnen, die das Beste der politischen Tätigkeit des seligen Ingenieurs verkörperten, hatten die Mitglieder des Sekretariats den Advokaten Pietro Rizzo, den geistigen Erben Luparellos, gebeten, den neuen Sekretär zu unterstützen. Nach einigen verständlichen Vorbehalten gegen die große Bürde des Amtes, die der unerwartete Auftrag mit sich brachte, hatte Rizzo sich überreden lassen und akzeptiert. Im Interview, das »Televigàta« ausstrahlte, erklärte der Advokat, auch er gerührt, er habe die schwere Last auf sich genommen, um dem Andenken seines Lehrmeisters und Freundes treu zu bleiben. Dessen Losungswort sei immer nur das eine gewesen: dienen.

Montalbano zuckte überrascht zusammen. Wie denn? Cardamone, der Neugewählte, duldete die offizielle Gegenwart dessen, der seines größten Gegners treuester Mitarbeiter gewesen war?! Doch sein Erstaunen währte nicht lange, da der Commissario es nach kurzem Nachdenken als naiv erkannte. Schon immer hatte sich Luparellos Partei durch ihre gleichsam natürliche Bereitschaft zum Kompromiß, zum Mittelweg, von anderen abgehoben. Es war durchaus möglich, daß Cardamone noch nicht fest genug im Sattel saß, um alleine zurechtzukommen, und folglich eine Stütze für notwendig erachtete.

Montalbano schaltete auf einen anderen Kanal um. Auf

»Retelibera«, der Stimme der linken Opposition, sprach Nicolò Zito, der meistgehörte Kommentator. Er erklärte, wie es kam, daß *zara zabara*, um es auf sizilianisch auszudrücken, oder *mutatis mutandis*, um es auf lateinisch zu sagen, die Dinge auf der Insel im allgemeinen und in der Provinz Montelusa im speziellen niemals ins Wanken gerieten, selbst wenn das Barometer auf Sturm stand. Er zitierte, und es bot sich geradezu an, den berühmten Satz des sizilianischen Fürsten Salina, alles müsse sich verändern, damit alles so bleibe, wie es ist. Einerlei ob Luparello oder Cardamone, schloß er, es waren nur die beiden Seiten derselben Medaille, und die Legierung dieser Medaille war kein anderer als der Advokat Rizzo.

Montalbano eilte ans Telefon, wählte die Nummer von »Retelibera« und verlangte Zito. Mit dem Journalisten verband ihn eine gewisse Sympathie, ja, es war beinahe Freundschaft.

»Was willst du, Commissario?«

»Dich treffen.«

»Mein lieber Freund, morgen früh fahre ich nach Palermo, und ich werde mindestens eine Woche weg sein. Ist es in Ordnung, wenn ich in einer halben Stunde zu dir komme? Koch mir was, ich habe Hunger.«

Ein paar *spaghetti all'aglio e olio* waren schnell zubereitet. Er öffnete den Kühlschrank, Adelina hatte ihm einen üppigen Teller Gamberetti vorgekocht. Das reichte für vier. Adelina war die Mutter zweier Vorbestrafter, den jüngeren der beiden Brüder hatte Montalbano vor drei Jahren persönlich verhaftet. Er saß noch im Gefängnis.

Als Livia im vergangenen Juli für zwei Wochen zu ihm nach Vigàta gekommen war und er ihr die Geschichte erzählt hatte, war sie entsetzt gewesen.

»Spinnst du? Die wird sich doch bestimmt eines Tages rächen und dir Gift ins Süppchen streuen.«

»Aber weswegen sollte sie sich rächen?«

»Immerhin hast du ihren Sohn verhaftet!«

»Na, hör mal, ist das etwa meine Schuld? Adelina weiß sehr gut, daß nicht ich schuld bin, sondern ihr Sohn. Schließlich war er allein so dämlich, sich schnappen zu lassen. Ich habe mich völlig fair verhalten und bei seiner Verhaftung weder Tücken noch schmutzige Tricks angewandt. Das verlief alles ganz vorschriftsmäßig.«

»Eure verdrehte Art zu denken kümmert mich einen Dreck. Du mußt sie entlassen.«

»Aber wenn ich sie entlasse, wer hält dann mein Haus in Ordnung, wer wäscht, bügelt und kocht für mich?«

»Es wird sich doch wohl eine andere finden!«

»Eben da irrst du dich. Jemand, der so tüchtig ist wie Adelina, findet sich so schnell nicht wieder.«

Er stellte gerade das Wasser auf den Herd, als das Telefon läutete.

»Ich würde am liebsten im Boden versinken, daß ich Sie um diese Uhrzeit wecken muß.«

»Ich habe nicht geschlafen. Wer ist am Apparat?«

»Hier spricht der Avvocato Pietro Rizzo.«

»Ah, Avvocato. Meine Glückwünsche.«

»Wozu denn? Wenn es für die Ehre sein soll, die meine Partei mir jüngst erwiesen hat, müßten Sie mir wohl eher Ihr Beileid aussprechen. Ich habe nur der Treue wegen akzeptiert, die mich für immer den Idealen des armen Ingegnere verpflichten wird. Das können Sie mir glauben. Aber kommen wir auf den Grund meines Anrufes zurück. Ich muß Sie unbedingt treffen, Commissario.«

»Jetzt?«

»Jetzt nicht, aber ich darf Ihnen die Dringlichkeit der Angelegenheit nahelegen. Die Sache ist von extraordinärer Importanz.«

»Wir könnten uns morgen früh treffen. Aber findet morgen früh nicht die Beerdigung statt? Sie werden vollauf beschäftigt sein, vermute ich.«

»Und wie! Auch den ganzen Nachmittag. Wissen Sie, einige illustre Gäste werden bestimmt länger bleiben.«

»Also, wann dann?«

»Passen Sie auf, wenn ich es mir genauer überlege,

würde es morgen früh trotzdem gehen, allerdings sehr früh. Wann gehen Sie für gewöhnlich ins Büro?«

»Gegen acht.«

»Acht würde mir sehr gut passen. Es handelt sich ohnehin nur um ein paar Minuten.«

»Hören Sie, Avvocato, eben gerade weil Sie morgen früh nur wenig Zeit haben werden, könnten Sie mir nicht im voraus sagen, um was es sich handelt?«

»Am Telefon?«

»Eine Andeutung.«

»Gut. Mir ist zu Ohren gekommen, aber ich weiß nicht, inwieweit das Gerücht der Wahrheit entspricht, daß man Ihnen einen zufällig auf dem Boden gefundenen Gegenstand gebracht hat. Und ich bin damit beauftragt, ihn zurückzuholen.«

Montalbano bedeckte mit einer Hand die Sprechmuschel und brach buchstäblich in wieherndes Lachen, in lautes höhnisches Gelächter aus. Er hatte die Halskette als Köder an den Angelhaken Jacomuzzi gehängt, und seine Rechnung war aufgegangen. Daß ein so großer Fisch angebissen hatte, übertraf jedoch seine kühnsten Erwartungen. Aber wie machte Jacomuzzi das bloß, daß alle das erfuhren, was eben nicht alle erfahren sollten? Etwa mit Laserstrahlen, Telepathie oder schamanischen Zaubertricks? Er hörte den Advokat laut in die Muschel rufen.

»Hallo! Hallo? Ich höre Sie nicht mehr! Ist etwa die Leitung unterbrochen?«

»Nein, entschuldigen Sie bitte, mir ist der Bleistift runtergefallen, und ich habe ihn aufgehoben. Morgen um acht also.«

Als er es an der Tür läuten hörte, goß er die Nudeln ab und ging hinüber, um aufzumachen.

»Was hast du mir gekocht?« fragte Zito gleich beim Eintreten.

»Spaghetti *all'aglio e olio,* und Gamberetti in Olivenöl und Zitrone.«

»Ausgezeichnet.«

»Komm mit in die Küche, und hilf mir ein wenig. Und in der Zwischenzeit stelle ich dir die erste Frage. Was hältst du von einem, der von extraordinärer Importanz spricht?«

»Also hör mal, bist du jetzt völlig übergeschnappt? Du läßt mich Hals über Kopf von Montelusa nach Vigàta fahren, nur um mich zu fragen, was ich von einem halte, der so geschwollen daherredet? Abgesehen davon, was soll daran besonders sein? Ist doch gar nicht so ungewöhnlich. Das ist, als würde ich sagen ...«

Er zermarterte sich das Hirn, aber ihm fiel nichts Vergleichbares ein.

»Da muß man schon gescheit sein, sehr gescheit«, sagte

der Commissario, während er an Rizzo dachte. Und er bezog sich nicht nur auf des Advokaten Fähigkeit, locker und lässig mit Fremdwörtern umzugehen.
Sie aßen, während sie über das Essen sprachen. Das war immer so. Nachdem Zito sich an traumhafte Gamberetti erinnert hatte, die er vor zehn Jahren in Fiacca gegessen hatte, kritisierte er die Garzeit und wies darauf hin, daß ein Hauch von Petersilie den Geschmack verbessert hätte.
»Wie kommt's, daß ihr bei ›Retelibera‹ seit neuestem alle zu Engländern geworden seid?« setzte Montalbano ohne Vorwarnung an, während sie einen Weißwein schlürften, der eine wahre Wonne war. Sein Vater hatte ihn in der Nähe von Randazzo entdeckt. Vor einer Woche hatte er ihm sechs Flaschen vorbeigebracht, aber das war nur ein Vorwand, um ein bißchen Zeit mit seinem Sohn zu verbringen.
»Inwiefern Engländer?«
»Insofern, als ihr euch streng gehütet habt, Luparello bloßzustellen, wie ihr es in anderen Fällen bestimmt schon längst getan hättet. Man stelle sich vor, der ehrenhafte Ingegnere stirbt mit heruntergelassenen Hosen am Herzschlag, in einer Art Bordell unter freiem Himmel, inmitten von Nutten, Zuhältern und Strichern, das ist doch skandalös. Und was macht ihr? Statt die Gelegenheit bei den Hörnern zu packen, stellt ihr euch alle in

Reih und Glied auf und breitet einen Schleier der Barmherzigkeit über die näheren Umstände dieses Todesfalls.«

»Es ist eben nicht unsere Art, aus dem Unglück anderer Kapital zu schlagen«, sagte Zito.

Montalbano begann aus vollem Halse zu lachen.

»Nicolò, würdest du mir einen großen Gefallen tun? Scher dich doch mitsamt deiner ›Retelibera‹ zum Teufel!«

Nun fing auch Zito an zu lachen.

»Also gut, folgendes hat sich zugetragen: Wenige Stunden nachdem die Leiche gefunden worden war, eilte der Avvocato Rizzo zum Baron Filò di Baucina, Roter Baron genannt, Millionär, aber Kommunist, und bat ihn händeringend, daß ›Retelibera‹ ja nichts über die Todesart verlauten lasse. Er appellierte an die Ritterlichkeit, welche die Vorfahren des Barons anscheinend in alten Zeiten bewiesen haben. Wie du weißt, hält der Baron achtzig Prozent unseres Senders. Das ist alles.«

»Red keinen Scheiß, von wegen alles. Und du, Nicolò Zito, der du dir die Achtung der Gegner erworben hast, weil du immer sagst, was du sagen mußt, gibst dem Baron ein zackiges Jawohl zur Antwort und ziehst den Schwanz ein?«

»Welche Farbe haben meine Haare?« fragte Zito.

»Rot.«

»Montalbano, ich bin außen und innen rot, ich gehöre zu den Kommunisten, die voller Bosheit und Groll stecken, eine Rasse, die im Aussterben begriffen ist. Ich habe die Anweisung akzeptiert, weil ich glaube, daß derjenige, der darum bat, das Andenken dieses armen Kerls in Ehren zu halten, ihm in Wahrheit gar nicht so wohlgesinnt war.«

»Das habe ich jetzt nicht verstanden.«

»Ich werd's dir erklären, du Unschuldslamm. Wenn du einen Skandal schnellstmöglich in Vergessenheit geraten lassen willst, dann mußt du nur so viel wie möglich darüber sprechen, im Fernsehen, in den Zeitungen. Du trittst die Story breit, wieder und immer wieder; nach einer Weile haben die Leute die Schnauze voll: Du liebe Zeit, zieh'n die das in die Länge! Warum hör'n sie nicht endlich auf damit? In einem Zeitraum von vierzehn Tagen bewirkt diese Übersättigung, daß niemand mehr auch nur ein Wort über den Skandal hören will. Verstanden?«

»Ich glaube, ja.«

»Wenn du aber über alles den Schleier des Schweigens legst, dann fängt das Schweigen an zu sprechen, streut Gerüchte aus, die hören überhaupt nicht mehr auf, werden immer hemmungsloser. Soll ich dir ein Beispiel nennen? Weißt du, wieviele Anrufe wir in der Redaktion erhalten haben, eben wegen unseres Schweigens?

Hunderte. Ist es wahr, daß der Ingegnere es mit zwei Frauen gleichzeitig im Auto getrieben hat? Stimmt es, daß der Ingegnere auf die Sandwich-Nummer versessen war, und während er eine Hure bumste, besorgte es ihm ein Neger von hinten? Und der letzte, von heute abend: Ist es wahr, daß Luparello seinen Nutten sagenhafte Schmuckstücke schenkte? Es heißt, sie hätten eines an der Mànnara gefunden. Übrigens, du weißt nicht zufällig etwas über diese Geschichte?«

»Ich? Nein, das ist doch bestimmt nur ausgemachter Blödsinn«, log der Commissario gelassen.

»Siehst du? Ich bin sicher, daß in einigen Monaten irgendein Idiot zu mir kommt und mich fragt, ob es stimmt, daß der Ingegnere es mit vierjährigen Kindern getrieben und sie dann mit Kastanien gefüllt verspeist habe. Sein Ansehen ist auf immer und ewig dahin, die Geschichte wird zur Legende. Und jetzt hoffe ich, daß du verstanden hast, warum ich mit Ja geantwortet habe, als man mich bat, das Ganze zu verschweigen.«

»Und Cardamone, wo steht der?«

»Keine Ahnung. Seine Wahl ist höchst seltsam. Weißt du, im Provinzsekretariat saßen nur Männer Luparellos, außer zweien, die zu Cardamone gehörten und dort aus optischen Gründen geduldet wurden, nämlich um zu zeigen, daß man demokratisch ist. Es gab keinen Zweifel, daß der neue Sekretär nur ein Gefolgsmann des

Ingegnere sein konnte und mußte. Statt dessen der Schlag ins Kontor: Rizzo steht auf und schlägt Cardamone vor. Die anderen des Clans sind bestürzt, wagen aber nicht zu protestieren. Wenn Rizzo so spricht, heißt das, daß er mehr weiß und daß von irgendwoher Gefahr droht. Also ist es besser, wenn man den Avvocato bei dieser Unternehmung unterstützt. Und sie stimmen zu seinen Gunsten ab. Man ruft Cardamone, der das Amt annimmt. Er selbst schlägt vor, Rizzo zur Unterstützung zu holen, erntet Schimpf und Schande von seiten seiner beiden Vertreter im Sekretariat. Aber ich verstehe Cardamone: Besser ihn mit ins Boot zu holen – wird er gedacht haben –, als ihn wie eine Treibmine herumschwimmen zu lassen.«
Dann begann Zito ihm eine Geschichte zu erzählen, die er im Kopf hatte und zu einem Roman verarbeiten wollte, und sie saßen bis vier Uhr früh zusammen.

Während er den Gesundheitszustand einer Kaktee überprüfte, die Livia ihm geschenkt hatte und die auf der Fensterbank in seinem Büro stand, sah Montalbano eine dunkelblaue Limousine mit Autotelefon, Fahrer und Leibwächter vorfahren. Letzterer stieg zuerst aus, um einem mäßig großen, kahlköpfigen Mann, der einen Anzug in derselben Farbe wie der des Autos trug, den Wagenschlag zu öffnen.

»Da draußen ist einer, der mit mir reden will. Laß ihn gleich durch«, wies der Commissario den wachhabenden Beamten an.
Als Rizzo eintrat, sah Montalbano, daß er um den oberen linken Ärmel ein schwarzes, handbreites Band gebunden hatte – der Advokat war bereits in Trauerkleidung für die bevorstehenden Bestattungsfeierlichkeiten.
»Was kann ich nur tun, damit Sie mir verzeihen?«
»Was verzeihen?«
»Daß ich Sie zu solch später Stunde zu Hause gestört habe.«
»Aber Sie sagten doch, die Angelegenheit sei von extra ...«
»Extraordinärer Importanz, gewiß.«
Wie gescheit er doch war, der Advokat Rizzo!
»Kommen wir zur Sache. Ein junges Paar, vollkommen ehrenwerte Leute im übrigen, gibt am vergangenen Sonntag, spät in der Nacht und schon ein wenig angeheitert, einer unüberlegten Laune nach. Die Ehefrau überredet ihren Mann, ihr die Mànnara zu zeigen, sie ist neugierig auf diesen Ort und auf das, was dort passiert. Eine tadelnswerte Neugier, gewiß, aber nichts weiter. Nun, das Paar fährt an den Rand der Mànnara, die Frau steigt aus. Aber gleich darauf steigt sie wieder ins Auto, verärgert über die ordinären Angebote, die ihr unterbreitet werden, und sie fahren weg. Wieder zu Hause angekom-

men, stellt sie fest, daß sie einen kostbaren Gegenstand verloren hat, den sie um den Hals trug.«

»Was für ein merkwürdiger Zufall«, murmelte Montalbano in seinen Bart.

»Wie bitte?«

»Ich dachte gerade darüber nach, daß beinahe zur selben Zeit am selben Ort der Ingegnere Luparello starb.«

Der Advokat Rizzo ließ sich nicht aus der Fassung bringen und setzte eine schwermütige Miene auf.

»Das ist mir auch aufgefallen, wissen Sie? Aber das Schicksal spielt manchmal ein wenig verrückt...«

»Der Gegenstand, von dem Sie gesprochen haben, ist das eine Halskette aus Massivgold mit einem brillantenbesetzten Herz?«

»Ganz genau. Nun möchte ich Sie bitten, das Stück den rechtmäßigen Besitzern zurückzugeben und dieselbe Diskretion zu beweisen, wie Sie sie im Zusammenhang mit der Auffindung der sterblichen Überreste meines armen Freundes Luparello bewiesen haben.«

»Wenn Sie es mir nachsehen mögen«, sagte der Commissario. »Aber ich habe nicht die geringste Vorstellung davon, wie man in einem solchen Fall verfährt. In jedem Fall denke ich, daß es wohl besser gewesen wäre, wenn die Besitzerin selbst vorgesprochen hätte.«

»Ich bin im Besitz einer offiziellen Vollmacht!«

»Ach, ja? Lassen Sie mal sehen.«

»Kein Problem, Commissario. Sie werden verstehen: Bevor ich die Namen meiner Mandanten in alle Welt ausposaune, wollte ich hundertprozentig sicher sein, daß es sich auch wirklich um den fraglichen Gegenstand handelt.«
Er schob eine Hand in die Jackentasche, zog ein Blatt Papier heraus und reichte es Montalbano. Der Commissario las es aufmerksam.
»Wer ist dieser Giacomo Cardamone, der die Vollmacht unterzeichnet hat?«
»Das ist der Sohn von Professor Cardamone, unserem neuen Provinzsekretär.«
Montalbano entschied, daß dies der richtige Moment sei, sein Theaterspiel zu wiederholen.
»Also das ist wirklich eigenartig!« Er flüsterte fast und setzte eine nachdenkliche Miene auf.
»Entschuldigung, was haben Sie gesagt?«
Montalbano antwortete nicht gleich, ließ den anderen erst eine Weile schmoren.
»Ich dachte gerade, daß das Schicksal in diesem Fall, um Ihre Worte aufzugreifen, doch ein wenig zu verrückt spielt...«
»Inwiefern, bitte schön?«
»Insofern, als sich der Sohn des neuen Parteisekretärs zur selben Zeit an dem Ort befand, an dem der alte Sekretär starb. Kommt Ihnen das nicht eigenartig vor?«

»Jetzt, wo Sie mich darauf hinweisen, schon. Aber ich schließe ohne jeden Zweifel aus, daß zwischen den beiden Ereignissen auch nur der geringste Zusammenhang besteht.«

»Oh, einen solchen schließe ich auch aus«, sagte Montalbano und fuhr fort: »Die Unterschrift neben der von Giacomo Cardamone kann ich nicht entziffern.«

»Das ist die Unterschrift der Ehefrau, einer Schwedin. Eine zugegebenermaßen etwas zügellose Dame, die sich unseren Sitten einfach nicht anzupassen vermag.«

»Wieviel ist dieses Juwel Ihrer Meinung nach wert?«

»Davon verstehe ich nichts, aber die Besitzer haben mir gesagt, um die achtzig Millionen Lire.«

»Ich mache Ihnen einen Vorschlag. Ich werde nachher den Kollegen Jacomuzzi anrufen, bei dem sich das Schmuckstück zur Zeit befindet, und lasse es mir zurückschicken. Und morgen früh wird es Ihnen dann von einem meiner Beamten in Ihre Kanzlei gebracht.«

»Ich weiß wirklich nicht, wie ich Ihnen danken soll ...«

Montalbano schnitt ihm das Wort ab.

»Sie werden meinem Beamten eine offizielle Quittung übergeben.«

»Aber natürlich!«

»Und einen Scheck über zehn Millionen Lire. Ich habe mir erlaubt, den Wert des Schmuckstücks aufzurunden. Das wäre dann der angemessene Finderlohn.«

Rizzo steckte den Schlag mit Nonchalance ein.

»Das finde ich mehr als angemessen. Auf wen darf ich ihn ausstellen?«

»Auf Baldassare Montaperto, einen der beiden Müllmänner, die den toten Ingegnere gefunden haben.«

Sorgfältig schrieb sich der Advokat den Namen auf.

Neun

Rizzo hatte die Tür noch nicht ganz hinter sich zugezogen, als Montalbano schon die Privatnummer von Nicolò Zito wählte. Was der Advokat ihm gesagt hatte, brachte die Rädchen in seinem Kopf zum Drehen, und dies wiederum machte sich äußerlich durch fieberhaften Tatendrang bemerkbar. Zitos Ehefrau nahm den Hörer ab.

»Mein Mann ist gerade zur Haustür raus, er fährt nach Palermo.«

Und dann, plötzlich mißtrauisch: »Aber war er heute nacht denn nicht bei Ihnen?«

»Natürlich war er bei mir, Signora, aber mir ist eine äußerst wichtige Sache erst heute morgen eingefallen.«

»Warten Sie, vielleicht kann ich ihn noch aufhalten, ich rufe ihn über die Sprechanlage.«

Kurz darauf hörte er zunächst den keuchenden Atem, dann die Stimme seines Freundes.

»Was willst du denn noch? Hat es dir nicht gereicht heute nacht?«

»Ich brauche eine Information.«

»Wenn's nicht allzu lange dauert.«

»Ich will alles wissen, aber wirklich alles, auch die unsinnigsten Gerüchte, und zwar über Giacomo Cardamone und seine Frau, die angeblich Schwedin ist.«

»Wie, angeblich? Eine Bohnenstange von einem Meter und achtzig, blond, ein Paar Beine und Titten, sag' ich dir! Dazu eine Stimme! Wenn du wirklich alles wissen willst, dauert das zu lange. Soviel Zeit hab' ich nicht. Paß auf, folgende Idee: Ich fahre jetzt los, während der Reise denke ich darüber nach, und gleich nach meiner Ankunft schicke ich dir ein Fax.«

»Und wohin willst du es schicken? Ins Kommissariat etwa, wo man sich immer noch mit Buschtrommeln und Rauchzeichen verständigt?«

»Na gut, dann werde ich das Fax eben in meine Redaktion nach Montelusa schicken. Schau da noch heute vormittag vorbei, so um die Mittagszeit.«

Montalbano verspürte das dringende Bedürfnis, sich zu bewegen, und so verließ er sein Büro und ging ins Zimmer der Brigadieri.

»Wie geht's Tortorella?«

Fazio wies mit seinem Blick auf den leeren Schreibtisch des Kollegen.

»Gestern habe ich ihn besucht. Sieht so aus, als würden sie ihn am Montag aus dem Krankenhaus entlassen.«

»Weißt du, wie man in die alte Fabrik reinkommt?«

»Als sie nach der Schließung rundherum die Mauer hochgezogen haben, haben sie eine klitzekleine Tür eingebaut, eine Eisentür. Man muß sich bücken, um da durchzukommen.«

»Und wer hat den Schlüssel?«

»Keine Ahnung, aber ich kann es herausfinden.«

»Du wirst es nicht nur herausfinden, sondern du wirst ihn mir noch heute morgen besorgen.«

Er ging in sein Büro zurück und rief Jacomuzzi an. Er mußte das Telefon eine Weile läuten lassen, bis der andere sich endlich bequemte, den Hörer abzunehmen.

»Was ist denn los mit dir, hast du Dünnpfiff?«

»Hör auf, Montalbano, was gibt's denn?«

»Was hast du auf der Kette gefunden?«

»Was hätte ich denn deiner Meinung nach finden sollen? Nichts. Das heißt, Fingerabdrücke, ja, aber so viele und alle so undeutlich, daß man sie nicht identifizieren kann. Was soll ich mit ihr machen?«

»Schick sie mir noch heute im Laufe des Tages zurück. Im Laufe des Tages, verstanden?«

Vom Nebenzimmer drang Fazios Stimme zu ihm herüber.

»Verflixt noch mal, weiß denn keiner, wem diese verdammte Chemiefabrik gehört hat? Es wird doch einen Konkursverwalter oder Hausmeister geben!«

Kaum sah er Montalbano eintreten: »Hab' das Gefühl, es ist leichter, die Schlüssel des heiligen Petrus zu kriegen.«

Der Commissario sagte ihm, daß er noch mal weg müsse und frühestens nach zwei Stunden wieder zurück sei. Bei seiner Rückkehr wolle er die Schlüssel auf seinem Tisch liegen haben.

Kaum hatte Montapertos Ehefrau ihn auf der Türschwelle erblickt, wurde sie blaß und legte sich eine Hand aufs Herz.

»O mein Gott! Was is' los? Was is' passiert?«

»Nichts, weswegen Sie sich sorgen müßten. Im Gegenteil, ich habe gute Nachrichten mitgebracht, glauben Sie mir. Ist Ihr Mann zu Hause?«

»Jaja, heute hat er früh Feierabend gemacht.«

Die Frau bat ihn in die Küche und ging Saro rufen, der sich im Schlafzimmer neben den Kleinen gelegt hatte, um ihn zum Einschlafen zu bringen.

»Setzt euch«, sagte der Commissario, »und hört mir aufmerksam zu. Wohin wolltet ihr euren Sohn eigentlich bringen mit dem Geld, das ihr für die Kette bekommen hättet?«

»Nach Belgien«, antwortete Saro prompt, »dort lebt mein Bruder. Er hat gesagt, daß wir für einige Zeit bei ihm wohnen können.«

»Habt ihr das Geld für die Reise?«

»Vom Munde abgespart, ja, ein bißchen haben wir zur Seite legen können«, sagte die Frau nicht ohne einen Hauch von Stolz.

»Aber es reicht nur für die Reise«, präzisierte Saro.

»Sehr gut. Du gehst also noch heute zum Bahnhof und kaufst die Fahrkarten. Nein, nimm besser den Bus und fahr nach Raccadali, dort ist ein Reisebüro.«

»Ja, natürlich. Aber warum soll ich bis nach Raccadali fahren?«

»Ich will nicht, daß sich hier in Vigàta herumspricht, was ihr vorhabt. Inzwischen kann die Signora die Koffer packen. Sagt niemandem, nicht einmal euren Familienangehörigen, wohin ihr fahrt. Ist das klar?«

»Sonnenklar. Aber entschuldigen Sie, Commissario, was soll daran schlecht sein, daß wir nach Belgien fahren, um unseren Sohn behandeln zu lassen? Sie bitten mich, zu schweigen wie ein Grab, als handele es sich um etwas Gesetzwidriges.«

»Saro, du tust nichts, was gegen das Gesetz verstößt, das wollen wir mal klarstellen. Aber ich möchte die Dinge unter Kontrolle haben, deswegen mußt du mir vertrauen und nur das tun, was ich dir sage.«

»Ist gut, aber falls Sie es vergessen haben: Wozu sollen wir überhaupt nach Belgien fahren, wenn unser Geld gerade mal für die Reise reicht? Zu einem Ausflug?«

»Ihr werdet genügend Geld haben. Morgen früh wird euch einer meiner Beamten einen Scheck über zehn Millionen Lire bringen.«

»Zehn Millionen? Und wofür?« fragte Saro atemlos.

»Die stehen dir rechtmäßig zu, das ist die Belohnung dafür, daß du das Schmuckstück gefunden und mir ausgehändigt hast. Dieses Geld könnt ihr offen ausgeben, ohne Probleme. Sobald du den Scheck in der Hand hast, löst du ihn schnell ein, und ihr fahrt los.«

»Von wem ist der Scheck?«

»Vom Avvocato Rizzo.«

»Ah.« Saros Gesicht verfinsterte sich.

»Du brauchst keine Angst zu haben. Die Sache ist vollkommen legal, und ich habe sie fest im Griff. Dennoch ist es besser, alle Vorsichtsmaßnahmen zu treffen, ich möchte nicht, daß Rizzo sich womöglich wie einer dieser miesen Dreckskerle verhält, die es sich hinterher anders überlegen und einfach kneifen. Zehn Millionen sind und bleiben zehn Millionen.«

Giallombardo richtete ihm aus, daß der Brigadiere die Schlüssel für die alte Fabrik holen gegangen sei. Es werde aber mindestens zwei Stunden dauern, denn der Hausmeister, dem es gesundheitlich nicht gut gehe, sei in Montedoro bei jemandem zu Gast. Außerdem, berichtete der Beamte, habe der Richter Lo Bianco angerufen. Der Commissario solle ihn vor zehn Uhr zurückrufen.

»Ah, Commissario, welch ein Glück! Ich wollte gerade weggehen, bin auf dem Weg zur Kathedrale, wegen der Beerdigung. Ich gehe davon aus, daß bedeutende Persönlichkeiten über mich herfallen werden, im wahrsten Sinne des Wortes. Sie werden mir alle dieselbe Frage stellen. Und wissen Sie welche?«

»Warum ist der Fall Luparello noch nicht abgeschlossen?«

»Erraten, Commissario, und damit ist nicht zu spaßen. Ich möchte ungern beleidigende Worte verwenden, ich möchte nicht im mindesten mißverstanden werden … um es kurz zu machen, wenn Sie etwas Konkretes in der Hand haben, machen Sie weiter, ansonsten schließen Sie das Ganze ab. Im übrigen, das werden Sie mir zugestehen, will mir das einfach nicht in den Kopf. Was wollen Sie überhaupt herausfinden? Der Ingegnere ist eines natürlichen Todes gestorben. Und Sie sperren sich nur, zumindest habe ich es so verstanden, weil der Ingegnere an der Mànnara ums Leben gekommen ist. Also, eines würde mich brennend interessieren: Wenn man Luparello irgendwo am Straßenrand gefunden hätte, hätten Sie da auch etwas einzuwenden gehabt? Antworten Sie!«

»Nein.«

»Ja, was bezwecken Sie dann also? Der Fall muß bis morgen abgeschlossen sein. Habe ich mich klar ausgedrückt?«

»Regen Sie sich nicht auf, Herr Richter.«

»Und wie ich mich aufrege, natürlich rege ich mich auf, aber über mich selbst. Sie bringen mich sogar dazu, das Wort ›Fall‹ zu verwenden, das in dieser Angelegenheit nun wirklich nicht angebracht ist. Bis morgen, verstanden?«

»Können wir sagen, bis einschließlich Samstag?«

»Also, wo sind wir denn, beim Feilschen auf dem Markt? Na gut. Aber wenn Sie auch nur eine Stunde länger brauchen, wird das ernsthafte Konsequenzen haben, das verspreche ich Ihnen.«

Zito hatte Wort gehalten, das Redaktionssekretariat von »Retelibera« überreichte Montalbano ein Fax aus Palermo. Er las es auf dem Weg zur Mànnara.

> »Der Signorino Giacomo ist der klassische Fall eines Sohnes, der es nur mit Hilfe des Vaters zu etwas gebracht hat. Er entspricht exakt dem Klischee, ohne einen Funken Phantasie. Der Vater ist als Ehrenmann bekannt, einen Fehltritt ausgenommen, von dem ich dir im folgenden berichten werde, also das Gegenteil des seligen Luparello. Giacomo bewohnt mit seiner

zweiten Ehefrau, Ingrid Sjostrom, den ersten Stock im väterlichen Palazzo. Ihre Vorzüge habe ich dir bereits mündlich geschildert. Ich werde dir nun seine Verdienste auflisten, zumindest die, an die ich mich erinnere. Dumm wie ein Kürbis, hat das frühreife Früchtchen nie etwas lernen oder sich etwas anderem widmen wollen als der Wissenschaft des Vögelns. Dennoch ist er mit Hilfe des himmlischen Vaters (oder besser gesagt, des leiblichen Vaters) regelmäßig mit der Höchstpunktzahl versetzt worden. Obwohl er in der medizinischen Fakultät eingeschrieben war, hat er nie die Universität besucht (was ein Glück für die allgemeine Gesundheit ist). Mit sechzehn Jahren, ohne Führerschein am Steuer des schnellen Autos seines Vaters, überfährt und tötet er ein achtjähriges Kind. Giacomo kommt praktisch ungeschoren davon, nicht so der Vater. Er bezahlt, und zwar ziemlich, an die Familie des Jungen. Mittlerweile volljährig, gründet Giacomo eine Dienstleistungsfirma. Die Firma geht zwei Jahre später pleite, Cardamone verliert nicht eine einzige Lira, sein Geschäftspartner erschießt sich um ein Haar, und ein Beamter der Steuerfahndung, der der Sache auf den Grund gehen wollte, sieht sich plötzlich nach Bozen versetzt. Im Augenblick beschäftigt Giacomo sich mit pharmazeutischen Produkten (und stell Dir vor: wieder ist es der Herr Papa, der ihm die Stange hält!), kauft ein und expandiert in weitaus größerem Maße, als es die geschätzten Einnahmen zulassen würden.

Leidenschaftlicher Liebhaber von Auto- und Pferderennen, hat er (in Montelusa!) einen Polo-Club gegründet, wo keine einzige Partie dieses noblen Sports je ausgetragen wurde, aber zum Ausgleich kokst er, daß es eine helle Freude ist.

Wenn ich mein ehrliches Urteil über seine Person abgeben müßte, würde ich sagen, es handelt sich um ein Prachtexemplar eines lausigen Taugenichts jener Spezies, die da gedeiht, wo ein mächtiger und reicher Vater ist. Mit zweiundzwanzig Jahren vermählt er sich (sagt man nicht so?) mit Albamarina Collatino (Baba für die Freunde) aus einer Kaufmannsfamilie der Palermitaner Großbourgeoisie. Zwei Jahre später reicht Baba bei der Sacra Romana Rota einen Antrag auf Annullierung der Ehe ein und begründet dies mit der offensichtlichen *impotentia generandi* des Gemahls. Ehe ich es vergesse: Mit achtzehn, also vier Jahre vor der Heirat, hat Giacomo die Tochter einer Bediensteten geschwängert. Der bedauerliche Zwischenfall war wie üblich vom Allmächtigen totgeschwiegen worden. Folglich gibt es zwei Möglichkeiten: Entweder log Baba, oder es log die Tochter der Hausangestellten. Nach unanfechtbarer Meinung der hohen römischen Prälaten war die Lügnerin die Bedienstete (wie könnte es auch anders sein?), Giacomo war zeugungsunfähig (und dafür hätte man dem Allermächtigsten danken müssen). Die Annullierung in der Tasche, verlobt Baba sich mit einem Cousin, mit dem sie schon vorher eine Beziehung unterhielt, während es Giacomo in den nebligen Norden treibt, um zu vergessen.

In Schweden hat er Gelegenheit, einer Art mörderischem Auto-Cross beizuwohnen, eine Strecke inmitten von Seen, Steilhängen und Bergen. Die Siegerin ist eine blonde Bohnenstange, von Beruf Mechanikerin. Ihr Name ist, du ahnst es, Ingrid Sjostrom. Was soll ich dir erzählen, mein Lieber, um zu vermeiden, daß das Schmalz von den Wänden trieft? Liebe auf den ersten Blick und Hochzeit. Nun leben sie seit gut fünf Jahren zusammen, ab und zu macht Ingrid eine Stippvisite in ihre Heimat und fährt ihre kleinen Autorennen. Ihrem Mann setzt sie mit schwedischer Nonchalance die Hörner auf. Neulich spielten fünf Gentlemen (das ist nur so eine Redensart) ein Gesellschaftsspiel im Polo-Club. Unter anderem ging es darum: Wer Ingrid nicht gehabt hatte, sollte aufstehen. Alle fünf blieben sitzen. Sie lachten viel, vor allem Giacomo, der dabei war, allerdings nicht mitgespielt hat. Man munkelt (unmöglich nachzukontrollieren), daß sich auch der gestrenge Professor Cardamone, seines Zeichens Vater des Ehemanns, das Vergnügen mit seinem Schwiegertöchterchen nicht hat entgehen lassen, um auf den Fehltritt zurückzukommen, von dem ich anfangs sprach. Sonst fällt mir im Moment nichts ein. Hoffe sehr, so geschwätzig gewesen zu sein, wie du es dir gewünscht hast. Leb wohl!

Nicolò.«

Gegen zwei Uhr kam er an der Mànnara an. Weit und breit war keine Menschenseele zu sehen. Das Schlüsselloch der kleinen Eisentür war völlig mit Salz und Rost verkrustet. Das hatte er vorhergesehen und sich daher Ölspray mitgebracht, mit dem man sonst Waffen schmiert. Er ging zum Wagen zurück und schaltete das Radio an, während er wartete, daß das Öl wirkte.

Die Beerdigung – berichtete der Sprecher des lokalen Senders – hatte die Gemüter zutiefst bewegt, so sehr, daß die Witwe schließlich die Besinnung verlor und hinausgetragen werden mußte. Die Grabreden hatten – der Reihe nach – gehalten: der Bischof, der stellvertretende Sekretär der nationalen Parteiorganisation, der Regionalsekretär, der Minister Pellicano, letzterer angesichts der immerwährenden Freundschaft, die ihn mit dem Toten verbunden hatte, in eigenem Namen. Eine Menge von mindestens zweitausend Menschen hatte auf dem Vorplatz der Kirche darauf gewartet, daß der Sarg herausgetragen wurde, um dann in einen ebenso stürmischen wie bewegten Applaus auszubrechen.

Stürmisch mag ja noch angehen, aber wie kann denn ein Applaus sich bewegen? fragte sich Montalbano. Er schaltete das Radio aus und ging zu der Tür, um den Schlüssel auszuprobieren.

Der Schlüssel drehte sich, aber die Tür war wie in der Erde verankert. Montalbano stieß mit einer Schulter mehrmals dagegen, und endlich öffnete sie sich einen Spalt, gerade breit genug, daß er sich hindurchzwängen konnte. Die kleine Tür war durch Kalkschutt, Eisenstücke und Sand versperrt. Offenbar hatte sich der Hausmeister seit Jahren nicht mehr dort blicken lassen. Der Commissario sah, daß es zwei Umfassungsmauern gab: die Schutzmauer mit der kleinen Eingangstür und eine alte, halb verfallene Einfriedungsmauer, die die Fabrik umschlossen hatte, als sie noch in Betrieb war. Die Durchgänge dieser zweiten Mauer gaben den Blick frei auf verrostete Maschinen, dicke, teils gerade, teils gewundene Rohre, riesige Destillatoren, Eisenträger mit gewaltigen Rissen, Gerüste, die sich in absurdem Gleichgewicht hielten, Stahltürme, die mit irrwitziger Neigung in die Höhe ragten. Und überall aufgerissene

Fußbodenbeläge, aufgeschlitzte Decken, weite Hallen, die einst von dem mittlerweile in weiten Teilen auseinandergebrochenen Eisengebälk überdacht gewesen waren. Es fehlte nicht viel, und alles würde herabstürzen, dorthin, wo nichts mehr war als eine zerfallende Zementschicht, aus deren Rissen vergilbte Grasbüschel sprossen. Montalbano blieb zwischen den beiden Mauerringen stehen. Er war wie betäubt von dem Anblick. Hatte ihm die Fabrik von außen gefallen, so versetzte ihr Inneres ihn geradezu in Begeisterung. Er bedauerte zutiefst, seinen Fotoapparat nicht mitgenommen zu haben.

Plötzlich zog ein leiser, anhaltender Ton seine Aufmerksamkeit auf sich. Es war eine Art Vibration, die genau aus dem Innern der Fabrik zu kommen schien.

Was ist denn hier drinnen noch in Betrieb? fragte er sich argwöhnisch.

Sicherheitshalber ging er hinaus, zum Auto zurück, öffnete das Handschuhfach und zog seine Waffe heraus. Die Pistole trug er fast nie bei sich. Das Gewicht der Waffe störte ihn, zudem verformte sie ihm Jacken und Hosen. Er ging in die Fabrik zurück, der Ton war immer noch zu hören. Vorsichtig bewegte er sich auf die dem Eingang gegenüberliegende Seite zu. Die Zeichnung, die Saro ihm angefertigt hatte, war äußerst präzise und diente ihm als Orientierung. Der Ton ähnelte dem Sum-

men, das Hochspannungsdrähte manchmal von sich geben, wenn Feuchtigkeit sie befällt. Nur klang dieser hier immer wieder anders, irgendwie melodisch, zuweilen brach er ab, um nach einer kurzen Pause in einer anderen Tonart neu zu beginnen.
Montalbano tastete sich angespannt vorwärts, achtete sorgfältig darauf, nicht über die Steine und Trümmer zu stolpern, die in dem engen Korridor zwischen den beiden Mauern den Boden bedeckten. Plötzlich sah er im Augenwinkel durch einen Durchgang einen Mann, der sich parallel zu ihm im Innern der Fabrik bewegte. Er trat zurück, überzeugt davon, daß der andere ihn bereits gesehen hatte. Da galt es keine Zeit zu verlieren, sicherlich hatte der Mann Komplizen. Er tat einen großen Schritt nach vorne, die Waffe im Anschlag, und schrie:
»Stehenbleiben! Polizei!«
Im Bruchteil einer Sekunde begriff er, daß der andere auf seinen Zug gefaßt gewesen war. Er stand halb nach vorne gebeugt, die Pistole in der Hand. Montalbano schoß, während er sich auf die Erde warf. Bevor er den Boden berührte, gab er zwei weitere Schüsse ab. Statt zu hören, womit er gerechnet hatte, nämlich einen Schuß, einen Aufschrei oder hastig davoneilende Schritte, vernahm er einen lauten Knall und dann das Klirren einer zerbrechenden Glasscheibe. Schlagartig verstand er und wurde von einem derart heftigen Lachanfall gepackt,

daß er es nicht schaffte, sich aufzurichten. Er hatte auf sich selbst geschossen, auf sein Spiegelbild in einer Glaswand.

Das darf ich keiner Menschenseele erzählen, sagte er sich, sie würden auf der Stelle meinen Rücktritt fordern und mich mit einem Tritt in den Hintern rausschmeißen.

Die Waffe, die er in der Hand hielt, erschien ihm plötzlich lächerlich. Er steckte sie hinter den Gürtel seiner Hose. Die Schüsse, ihr endloses Echo, der Knall und das Zerbrechen der Glasscheibe hatten den Ton vollkommen überdeckt. Jetzt war er wieder da, vielfältiger als zuvor. Da verstand er. Es war der Wind, der tagsüber, auch im Sommer, über diesen Teil des Strandes wehte. Am Abend dagegen flaute er ab, fast als wolle er Gegès Geschäfte nicht stören. Er strich über die Eisengerüste, über die teils gerissenen, teils noch stramm gespannten Drähte, über die stellenweise durchbrochenen Schornsteine, die mit ihren Löchern an riesige Hirtenflöten erinnerten. Der Wind sang sein Klagelied in der toten Fabrik. Der Commissario blieb verzaubert stehen und lauschte.

Um an den Fundort der Kette zu gelangen, brauchte er fast einen halbe Stunde. Manchmal mußte er über Schutthaufen klettern. Schließlich befand er sich genau auf Höhe der Stelle, an der Saro, jenseits der Mauer, das

Schmuckstück gefunden hatte. Er begann sich in aller Ruhe umzusehen. Zeitungen und von der Sonne vergilbte Papierfetzen, Gräser, Coca-Cola-Flaschen (Dosen waren zu leicht, als daß man sie über die hohe Mauer hätte werfen können), Weinflaschen, eine durchgerostete Schubkarre, einige Autoreifen, Eisenstücke, ein undefinierbarer Gegenstand, ein morscher Balken. Und neben dem Balken eine Umhängetasche, elegant, nagelneu, exklusive Marke. Sie wirkte fehl am Platz, ein einziger Widerspruch zu all dem Verfall, der sie umgab. Montalbano öffnete sie. Darin befanden sich zwei recht große Steine, die offenbar als Gewichte hineingelegt worden waren, um die Tasche von außen über die Mauer schleudern zu können. Sonst nichts. Der Commissario betrachtete die Tasche genauer. Die metallenen Initialen der Besitzerin waren herausgerissen worden, aber auf dem Leder war der Abdruck noch erkennbar, ein I und ein S: Ingrid Sjostrom.

Man serviert sie mir auf dem silbernen Tablett, dachte Montalbano mißtrauisch.

Zehn

Der Gedanke kam ihm, als er bei einer großzügigen Portion gegrillter Peperoni, die Adelina ihm in den Kühlschrank gestellt hatte, wieder Kräfte sammelte: Warum sollte er nicht annehmen, was man ihm netterweise auf dem silbernen Tablett serviert hatte, mit all den Überraschungen, die das Menü vielleicht bereithielt? Er suchte im Telefonbuch die Nummer von Giacomo Cardamone heraus. Es war die richtige Uhrzeit, um die Schwedin daheim anzutreffen.

»Wer da sprechen?«

»Ich bin Giovanni. Ist Ingrid da?«

»Ich gehen nachsehen, du warten.«

Er versuchte herauszuhören, aus welchem Teil der Welt es diese Bedienstete wohl ins Haus Cardamone verschlagen hatte, aber er kam zu keinem Ergebnis.

»Ciao, du geiler Bock, wie geht's dir?«

Die Stimme war leise und heiser, ganz wie es der Beschreibung entsprach, die Zito ihm gegeben hatte, hatte aber keinerlei erotische Wirkung auf den Commissario.

Im Gegenteil, sie beunruhigte ihn. Unter allen Namen auf der Welt hatte er ausgerechnet den eines Mannes gewählt, dessen Anatomie Ingrid offenbar kannte.

»Bist du noch da? Bist du etwa im Stehen eingeschlafen? Wie lang hast'n gevögelt heute nacht, du Wüstling?«

»Hören Sie, Signora ...«

Ingrid reagierte blitzschnell, es war eine Feststellung, ohne einen Hauch von Verwunderung oder Empörung: »Du bist nicht Giovanni.«

»Nein.«

»Wer bist du dann?«

»Ich bin Polizeikommissar, mein Name ist Montalbano.«

Er erwartete eine ängstliche Frage, wurde aber sogleich enttäuscht.

»Oh, wie schön! Ein Polizist! Und was willst du von mir?«

Sie war beim Du geblieben, obwohl sie wußte, daß sie mit einer ihr unbekannten Person sprach. Montalbano entschied für seinen Teil, sie weiterhin mit Sie anzusprechen.

»Ich würde gerne ein paar Worte mit Ihnen wechseln.«

»Heute nachmittag kann ich wirklich nicht, aber heute abend bin ich frei.«

»In Ordnung, heute abend paßt mir gut.«

»Wo? Soll ich in dein Büro kommen? Sag mir, wo das ist.«

»Besser nicht, ich würde einen diskreteren Ort vorziehen.«

Ingrid hielt inne.

»Dein Schlafzimmer?« Die Stimme der Frau klang nun etwas irritiert; offensichtlich hegte sie allmählich den Verdacht, daß am anderen Ende der Leitung irgendein Idiot hing, der einen Annäherungsversuch unternahm.

»Hören Sie, Signora, ich kann verstehen, daß Sie mißtrauisch sind. Zu Recht übrigens. Ich mache Ihnen folgenden Vorschlag: In einer Stunde bin ich im Kommissariat von Vigàta. Dort können Sie anrufen und nach mir verlangen. In Ordnung?«

Die Frau antwortete nicht gleich. Sie überlegte, dann faßte sie einen Entschluß.

»Ich glaube dir, Polizist. Wo und um wieviel Uhr?«

Sie einigten sich auf einen Treffpunkt: die Bar von Marinella, die zur vereinbarten Stunde, um zehn Uhr abends, für gewöhnlich menschenleer war. Montalbano bat sie, mit niemandem darüber zu sprechen, nicht einmal mit ihrem Gatten.

Wenn man vom Meer her kam, erhob sich die Villa der Luparellos gleich am Ortseingang von Montelusa. Es war ein massives Gebäude aus dem neunzehnten Jahrhundert, umgeben von einer hohen Mauer mit einem schmiedeeisernen Tor, das sperrangelweit geöffnet war.

Montalbano ging die Allee hinauf, die mitten durch den Park führte. Die Haustür stand halb offen. Eine große schwarze Schleife hing an einem der Türflügel. Er beugte sich leicht nach vorne, um hineinzusehen. In einem großen Innenhof hatten sich etwa zwanzig Personen versammelt, Männer und Frauen mit einem dem Anlaß entsprechenden Gesichtsausdruck, die sich flüsternd unterhielten. Es erschien ihm unpassend, einfach zwischen den Leuten hindurchzugehen. Jemand könnte ihn erkennen und sich fragen, was er an diesem Ort zu suchen habe. Also umrundete er die Villa, bis er schließlich einen Hintereingang fand. Er war abgesperrt. Montalbano klingelte mehrmals, ehe schließlich jemand kam, um ihm zu öffnen.

»Sie sind verkehrt hier. Für Beileidsbesuche bitte durch den Haupteingang«, sagte ein aufgewecktes kleines Dienstmädchen mit schwarzer Schürze und Häubchen. Es hatte ihn sofort als nicht zur Gattung der Lieferanten gehörend eingestuft.

»Ich bin Commissario Montalbano. Würden Sie bitte jemandem aus der Familie mitteilen, daß ich hier bin?«

»Sie werden erwartet, Signor Commissario.«

Das Dienstmädchen führte ihn durch einen langen Korridor, öffnete eine Tür und bedeutete ihm mit einer Handbewegung einzutreten. Montalbano fand sich in einer großen Bibliothek wieder, Tausende von Büchern standen wohlgeordnet und dicht aneinandergereiht in riesigen Regalen. Ein großer Schreibtisch in einer Ecke und in der gegenüberliegenden eine Polstergarnitur von schlichter Eleganz, ein Tischchen, zwei Sessel. An den Wänden hingen nur fünf Gemälde. Montalbano erkannte die Künstler auf den ersten Blick. Ein Bauer von Guttuso aus den vierziger Jahren, eine Landschaft aus Latium von Melli, eine *Demolizione* von Mafai, zwei Ruderer auf dem Tiber von Donghi, eine Badende von Fausto Pirandello – ein erlesener Geschmack, eine Auswahl, die von seltener Kennerschaft zeugte. Die Tür ging auf, und es erschien ein junger Mann um die Dreißig, schwarze Krawatte, sehr offener Gesichtsausdruck, eine elegante Erscheinung.

»Ich bin derjenige, der Sie angerufen hat. Danke, daß Sie gekommen sind. Mama war es wirklich sehr wichtig, Sie zu treffen. Entschuldigen Sie bitte all die Unannehmlichkeiten, die ich Ihnen bereitet habe.« Er sprach ohne jeden Akzent.

»Aber ich bitte Sie, das ist doch nicht der Rede wert. Mir ist nur nicht ganz klar, auf welche Weise ich Ihrer Mutter nützlich sein könnte.«

»Das habe ich Mama auch schon gesagt, aber sie hat darauf bestanden. Und sie hat mir nichts über die Gründe verraten, derentwegen wir Sie herbemühen sollten.«

Er betrachtete eingehend die Fingerspitzen seiner rechten Hand, als sähe er sie zum ersten Mal. Dann räusperte er sich leicht.

»Haben Sie bitte Verständnis, Commissario.«

»Ich verstehe nicht ganz.«

»Haben Sie bitte Verständnis für Mama, sie hat sehr gelitten.«

Er hatte sich schon zum Gehen gewandt, als er plötzlich stehenblieb.

»Ach, Commissario, ich will es Ihnen vorneweg sagen, damit Sie nicht in eine peinliche Situation geraten. Mama weiß, wie und wo Papà gestorben ist. Wie sie das erfahren hat, ist mir allerdings ein Rätsel. Sie wußte es bereits zwei Stunden nachdem man ihn gefunden hatte. Bitte entschuldigen Sie mich.«

Montalbano fühlte sich erleichtert. Wenn die Witwe bereits alles wußte, war er nicht gezwungen, ihr irgendwelche Märchen aufzutischen, um die schändlichen Todesumstände zu verbergen. Er ging zurück, um den Anblick der Gemälde zu genießen. Bei sich zu Hause in Vigàta hatte er nur Zeichnungen und Stiche von Carmassi, Attardi, Guida, Cordio und Angelo Canevari hängen. Er hatte sie sich hart von seinem kärglichen Gehalt abgespart, mehr war nicht drin, ein Ölbild von der Qualität dieser Bilder hier würde er sich niemals leisten können.

»Gefallen sie Ihnen?«

Mit einem Ruck drehte er sich um, er hatte die Signora nicht hereinkommen hören. Eine Frau mittlerer Größe, um die Fünfzig, entschlossene Miene. Die feinen Fältchen, die ihr Gesicht spinnennetzartig überzogen, konnten der Schönheit der Züge noch nichts anhaben, vielmehr hoben sie den Glanz ihrer stechend grünen Augen hervor.

»Nehmen Sie doch bitte Platz.« Sie wandte sich zum Sofa und setzte sich, während der Commissario sich in einem Sessel niederließ. »Schöne Bilder, nicht wahr? Ich verstehe zwar nichts von Malerei, aber sie gefallen mir. Es müßten um die dreißig im ganzen Haus sein. Mein Mann hat sie gekauft, die Malerei ist mein heimliches Laster, pflegte er gerne zu sagen. Leider war es nicht das einzige.«

Das fängt ja gut an, dachte Montalbano und fragte: »Fühlen Sie sich besser, Signora?«

»Besser im Vergleich zu wann?«

Der Commissario fing an zu stammeln, er hatte das Gefühl, einer Lehrerin gegenüberzustehen, die ihm Prüfungsfragen stellte.

»Hm, ja ... ich weiß nicht, im Vergleich zu heute morgen ... Ich habe gehört, daß Sie in der Kathedrale von einem plötzlichen Unwohlsein befallen wurden.«

»Unwohlsein? Mir ging es gut, soweit es die Umstände zuließen. Nein, mein Lieber, ich habe nur so getan, als wäre ich ohnmächtig geworden. Darin bin ich geschickt. In Wirklichkeit war mir ein Gedanke gekommen. Wenn nun ein Terrorist, dachte ich mir, die Kirche in die Luft sprengen würde, mit uns allen, dann würde mit uns wenigstens ein gutes Zehntel der über die Welt verteilten Heuchelei ausgelöscht. Und so habe ich mich hinaustragen lassen.«

Montalbano wußte nicht, was er sagen sollte. Er war von der Ehrlichkeit der Frau beeindruckt und wartete, daß sie das Gespräch wieder aufnehmen würde.

»Als mir jemand erklärte, wo mein Mann gefunden worden war, habe ich den Polizeipräsidenten angerufen und ihn gefragt, wer die Ermittlungen führe, beziehungsweise ob überhaupt Ermittlungen eingeleitet worden seien. Der Polizeipräsident hat mir Ihren Namen genannt und hinzugefügt, Sie seien ein anständiger Mensch. Ich war etwas skeptisch. Gibt es denn überhaupt noch anständige Menschen? Und deswegen habe ich Sie anrufen lassen.«

»Ich weiß nicht, wie ich Ihnen danken soll, Signora.«

»Wir sind nicht hier, um Komplimente auszutauschen. Ich möchte Ihre Zeit nicht vergeuden. Sind Sie hundertprozentig sicher, daß es sich nicht um Mord handelt?«

»Mehr als sicher.«

»Ja, und worin besteht dann Ihre Unsicherheit?«

»Unsicherheit?«

»Ja, natürlich, mein Lieber, Sie müssen sich doch irgendwie unsicher sein. Sonst gäbe es doch keinen Grund für Ihre Weigerung, die Ermittlungen abzuschließen.«

»Signora, ich will ehrlich zu Ihnen sein. Es handelt sich lediglich um ein Gefühl. Ein Gefühl, das ich mir eigentlich nicht erlauben dürfte. Meine Pflicht wäre, da es sich um einen natürlichen Tod handelt, in der Tat eine ganz andere. Wenn Sie mir nichts Neues sagen können, werde ich noch heute abend dem Staatsanwalt ...«

»Aber ich habe etwas Neues für Sie.«

Montalbano verstummte.

»Ich weiß nicht, welcherart Ihr Gefühl ist«, fuhr die Signora fort, »aber ich werde Ihnen meines schildern. Silvio war sicherlich ein umsichtiger und ehrgeiziger Mann. Wenn er über viele Jahre hinweg im Hintergrund stand, dann verfolgte er damit eine konkrete Absicht, nämlich im richtigen Moment auf der Bildfläche zu erscheinen und dort zu bleiben. Können Sie sich nun vorstellen, daß dieser Mann, nachdem er all die Zeit und Energie investiert hat und am Ende sein Ziel erreicht hat, sich eines schönen Abends in Begleitung einer Frau üblen Rufes an einen zwielichtigen Ort begibt, wo ihn jedermann erkennen und dann erpressen könnte?«

»Signora, genau dies ist einer der Punkte, die mich so sehr verwundert haben.«

»Möchten Sie sich noch weiter wundern? Ich habe ›Frau von üblem Ruf‹ gesagt, damit aber weder eine Prostituierte gemeint noch eine Frau, die sich sonstwie gewerbemäßig zur Verfügung stellt. Mir fehlen die richtigen Worte. Ich sage Ihnen etwas: Kurz nach unserer Heirat vertraute Silvio mir an, daß er niemals in seinem Leben zu einer Prostituierten gegangen sei. Ja, er ist noch nicht einmal in einem Bordell gewesen, als es sie noch gab. Irgend etwas hemmte ihn. Folglich stellt sich doch die Frage, was für eine Frau es gewesen sein mag, die ihn zu jenem Abenteuer überredet hat, zumal an diesem fürchterlichen Ort.«

Auch Montalbano war noch nie zu einer Hure gegangen. Er hoffte, daß die neuen Enthüllungen über Luparello nicht noch weitere Gemeinsamkeiten zwischen ihm und einem Mann aufdeckten, mit dem er nicht das Brot hätte teilen wollen.

»Sehen Sie, mein Mann hat sich seinen Lastern sehr wohl hingegeben, aber niemals hat die Selbstzerstörung, die Begeisterung für das Niedrige, wie ein französischer Schriftsteller sagte, eine Versuchung für ihn dargestellt. Seine Liebschaften lebte er diskret in einer kleinen Villa aus, die er sich an der Spitze des Capo Massaria unter falschem Namen hat bauen lassen. Das habe ich, wie üblich, von einer wohlmeinenden Freundin erfahren.«

Sie erhob sich, um zum Schreibtisch zu gehen, wo sie sich an einer Schublade zu schaffen machte. Mit einem großen gelben Couvert, einem Metallring, an dem zwei Schlüssel baumelten, und einer Lupe kehrte sie wieder an ihren Platz zurück. Sie reichte dem Commissario die Schlüssel.

»Übrigens, was Schlüssel anbelangt, war er regelrecht besessen. Er hatte sie alle doppelt. Einen Schlüsselbund bewahrte er in dieser Schublade auf, den anderen trug er immer bei sich. Nun gut, letzteren hat man nicht gefunden.«

»Waren die Schlüssel denn nicht in den Hosentaschen Ihres Mannes?«

»Nein. Und auch nicht im Ingenieurbüro. Und ebensowenig hat man sie in seinem anderen Büro gefunden, dem, wie soll ich sagen, politischen. Verschwunden, in Luft aufgelöst.«

»Möglicherweise hat er sie unterwegs verloren. Es ist nicht gesagt, daß sie ihm gestohlen wurden.«

»Das halte ich für unwahrscheinlich. Sehen Sie, mein Mann hatte insgesamt sechs Schlüsselbunde. Einen für dieses Haus, einen für das Haus auf dem Land, einen fürs Büro, einen für die Firma, einen für die kleine Villa am Capo Massaria. Er bewahrte sie alle im Handschuhfach des Autos auf und nahm dann jeweils den Bund heraus, den er brauchte.«

»Und im Auto sind sie nicht gefunden worden?«
»Nein. Ich habe Anweisung gegeben, alle Türschlösser auszuwechseln. Ausgenommen jenes der Villa, von deren Existenz ich offiziell nichts weiß. Wenn Sie Lust haben, schauen Sie mal vorbei. Sie werden dort sicherlich manch aufschlußreichen Hinweis bezüglich seiner Liebschaften finden.«
Sie hatte zweimal »seine Liebschaften« gesagt, und Montalbano wollte sie auf eine gewisse Art trösten.
»Abgesehen davon, daß die Liebschaften des Ingegnere nicht zu meiner Untersuchung gehören, habe ich einige Informationen zusammengetragen. Ich sage Ihnen in aller Offenheit, daß man mir allgemeine Antworten gegeben hat, die für jede beliebige Person gelten könnten.«
Die Signora sah ihn mit einem ironischen Schmunzeln an.
»Ich habe es ihm niemals vorgeworfen, wissen Sie? Zwei Jahre nach der Geburt unseres Sohnes haben mein Mann und ich gewissermaßen aufgehört, ein Paar zu sein. Und so hatte ich die Möglichkeit, ihn in aller Ruhe zu beobachten, dreißig Jahre lang, ohne daß mein Blick durch irgendeine Erregung der Sinne getrübt gewesen wäre. Sie haben mich nicht ganz verstanden, entschuldigen Sie. Wenn ich von seinen Liebschaften sprach, tat ich das, um das Geschlecht nicht zu spezifizieren.«

Montalbano sackte zwischen den Schultern zusammen, sank noch tiefer in den Sessel. Er hatte das Gefühl, jemand habe ihm mit einer Eisenstange auf den Kopf geschlagen.

»Im übrigen bin ich überzeugt«, sprach die Signora weiter, »um wieder auf das Thema zurückzukommen, das mich am meisten interessiert, daß es sich um eine kriminelle Tat handelt. Nein, lassen Sie mich bitte ausreden, nicht um Mord und Totschlag, sondern um ein politisches Verbrechen. Es muß brutale Gewalt gewesen sein, die zu seinem Tod führte.«

»Drücken Sie sich deutlicher aus, Signora.«

»Ich bin überzeugt, daß mein Mann gewaltsam dazu gezwungen wurde, sich an jenen schändlichen Ort zu begeben, wo man ihn dann gefunden hat, zum Beispiel durch Erpressung. Die Erpresser hatten einen Plan, haben es aber nicht geschafft, ihn vollständig auszuführen. Sein Herz hat nicht mitgemacht, entweder aus Erregung oder – warum nicht? – aus Angst. Er war sehr krank, wissen Sie? Er hatte eine schwere Operation hinter sich.«

»Aber wie hätte man ihn denn zwingen können?«

»Keine Ahnung. Vielleicht können Sie mir weiterhelfen. Wahrscheinlich haben sie ihn in einen Hinterhalt gelockt, und er hat sich nicht wehren können. An besagtem Ort wollten sie ihn dann, was weiß ich, fotografieren oder dafür sorgen, daß ihn jemand erkennt. Damit hätten sie meinen Mann in ihrer Gewalt gehabt, eine Marionette in ihren Händen.«

»Wen meinen Sie mit ›sie‹?«

»Seine politischen Gegner, nehme ich mal an, oder irgendwelche Geschäftspartner.«

»Sehen Sie, Signora, Ihre Überlegung, oder besser gesagt, Ihre Vermutung hat leider einen Haken: Sie läßt sich nicht beweisen.«

Die Frau öffnete das gelbe Couvert, das sie nicht aus der Hand gelegt hatte, und entnahm ihm mehrere Fotografien. Es handelte sich um Aufnahmen von der Leiche, die der Erkennungsdienst an der Mànnara gemacht hatte.

»O mein Gott«, murmelte Montalbano schaudernd. Die Frau hingegen zeigte keinerlei Gefühlsregung, während sie die Fotos betrachtete.

»Wie sind Sie denn an die gekommen?«

»Ich habe gute Freunde. Haben Sie die Bilder bereits gesehen?«

»Nein.«

»Das ist ein Fehler.« Sie wählte ein Foto aus und reichte es Montalbano zusammen mit dem Vergrößerungsglas. »Bitte, dieses hier, schauen Sie es sich gut an. Die Hosen sind heruntergelassen, und man kann das Weiß der Unterhose erkennen.«

Montalbano war schweißüberströmt. Das Unbehagen,

das er empfand, ärgerte ihn, aber er wußte nichts dagegen zu tun.

»Ich kann da nichts Ungewöhnliches erkennen.«

»Ach nein? Und die Marke der Unterhose?«

»Ja, die sehe ich. Ja und?«

»Die dürften Sie eigentlich nicht sehen. Bei Unterhosen dieser Marke – und wenn Sie mir in das Schlafzimmer meines Mannes folgen wollen, kann ich Ihnen noch weitere zeigen – ist das Etikett stets innen auf der Rückseite eingenäht. Daß Sie es hier erkennen können, bedeutet, daß er die Unterhose verkehrt herum trug. Und sagen Sie mir jetzt bloß nicht, Silvio hätte sie sich am Morgen beim Ankleiden womöglich falsch herum angezogen und es den ganzen Tag nicht bemerkt. Er nahm ein harntreibendes Mittel, weshalb er mehrmals am Tag die Toilette aufsuchen mußte. Die Unterhose hätte er also irgendwann im Laufe des Tages richtig herum anziehen können. Und dies kann nur eines bedeuten.«

»Was?« fragte der Commissario, völlig verwirrt angesichts dieser scharfsichtigen und unerbittlichen Analyse, ohne eine einzige Träne vorgetragen, als handle es sich bei dem Toten um einen flüchtigen Bekannten.

»Daß er nackt war, als sie ihn überrumpelten und zwangen, sich in Eile anzukleiden. Und nackt kann er nur in seinem Haus am Capo Massaria gewesen sein. Eben deswegen habe ich Ihnen die Schlüssel gegeben. Ich möchte es nochmals wiederholen: Es ist eine kriminelle Tat, die das Ansehen meines Mannes zerstören sollte, aber nur halb gelungen ist. Um ihn jederzeit den Schweinen zum Fraß vorwerfen zu können, wollten sie auch aus ihm ein Schwein machen. Wäre er nicht gestorben, wäre es natürlich besser gewesen. Unter seinem erzwungenen Schutz hätten sie treiben können, was sie wollen. Zum Teil ist der Plan jedoch gelungen: Alle Leute meines Mannes sind von der neuen Parteiführung ausgeschlossen worden. Nur Rizzo konnte sich retten, ja, er hat dadurch sogar noch gewonnen.«

»Wie meinen Sie das?«

»Das aufzudecken liegt bei Ihnen, sollten Sie Lust dazu verspüren. Oder Sie belassen es bei der Form, die man dem Wasser gegeben hat.«

»Entschuldigen Sie bitte, das habe ich nicht verstanden.«

»Ich bin keine Sizilianerin, ich stamme aus Grosseto. Ich bin nach Montelusa gekommen, als mein Vater hier Präfekt war. Wir besaßen ein wenig Land und ein Haus an den Hängen des Monte Amiata. Dort verbrachten wir die Ferien. Ich hatte einen Freund, der Sohn eines Bauern, jünger als ich. Damals war ich etwa zehn Jahre alt. Eines Tages sah ich, daß mein Freund ein Schüsselchen, eine Tasse, eine Teekanne und eine quadratische Blechdose auf einen Brunnenrand gestellt hatte, alle Gefäße randvoll mit Wasser gefüllt, und sie aufmerksam betrachtete.

›Was machst du da?‹ fragte ich ihn. Und er antwortete mir mit einer Gegenfrage.
›Welche Form hat Wasser?‹
›Aber Wasser hat doch gar keine Form!‹ prustete ich lachend heraus: ›Es nimmt die Form an, die man ihm gibt.‹«

In diesem Moment ging die Tür auf, und ein Engel erschien.

Elf

Der Engel, eine andere Bezeichnung wäre Montalbano im ersten Augenblick nicht eingefallen, war ein Jüngling von ungefähr zwanzig Jahren. Groß, blond, braungebrannt, mit einem makellosen Körper und ephebenhafter Aura. Ein Sonnenstrahl umschmeichelte ihn, tauchte ihn auf der Schwelle in ein Licht, das die apollinischen Gesichtszüge unterstrich.

»Darf ich hereinkommen, Tante?«

»Komm nur, Giorgio, komm!«

Der junge Mann ging auf das Sofa zu, schwerelos, als glitten seine Füße über das Parkett, ohne den Boden zu berühren. Tänzelnd und augenscheinlich ziellos schwebte er durch den Raum, berührte dabei die Gegenstände, die in seine Reichweite kamen, ja, es war mehr als eine Berührung, es war ein zärtliches Liebkosen. Montalbano fing einen Blick der Signora auf, mit dem sie ihn gemahnte, die Fotografien, die er in Händen hielt, in die Tasche zu stecken. Er gehorchte, und die Witwe schob die anderen Aufnahmen rasch in das gelbe Cou-

vert, das sie neben sich auf das Sofa legte. Als der junge Mann neben ihm stand, bemerkte der Commissario die rotgeäderten blauen Augen, vom Weinen verquollen und von dunklen Ringen umschattet.
»Wie fühlst du dich, Tante?« fragte er mit melodischer Stimme, während er sich anmutig neben der Frau niederkniete und seinen Kopf in ihren Schoß legte. Montalbano mußte unweigerlich an ein Gemälde denken, das er einmal gesehen hatte, er wußte nicht mehr, wo. Grell erleuchtet, wie von einem Scheinwerfer angestrahlt, sah er es plötzlich vor sich. Das Portrait einer englischen Edeldame, mit einem Windhund in derselben Haltung, wie der junge Mann sie eben eingenommen hatte.
»Das ist Giorgio«, erklärte die Signora. »Giorgio Zìcari, der Sohn meiner Schwester Elisa, die mit Ernesto Zìcari, dem Strafrechtler, verheiratet ist. Vielleicht kennen Sie ihn.«
Während sie sprach, streichelte die Signora ihm über das Haar. Giorgio ließ durch keine Regung erahnen, ob er die Worte vernommen hatte. Offenkundig in seinem bohrenden Schmerz gefangen, wandte er sich noch nicht einmal in die Richtung des Commissario. Im übrigen hatte sich die Signora wohl gehütet, ihrem Neffen zu sagen, wer Montalbano war und was er in diesem Haus zu suchen hatte.
»Hast du ein wenig schlafen können heute nacht?«

Als Antwort schüttelte Giorgio verneinend den Kopf.
»Dann gebe ich dir jetzt folgenden Rat. Hast du Dottor Capuano draußen im Hof gesehen? Geh zu ihm, laß dir ein starkes Schlafmittel verschreiben und leg dich ins Bett.«
Ohne ein Wort zu verlieren, stand Giorgio geschmeidig auf, schwebte mit den ihm eigenen tänzelnden Bewegungen zur Tür und entschwand.
»Sie müssen ihn entschuldigen«, sagte die Signora, »Giorgio ist zweifelsohne derjenige, der unter dem Tod meines Mannes am meisten gelitten hat und leidet. Sehen Sie, ich habe mir gewünscht, daß mein Sohn studiert und sich eine von seinem Vater unabhängige Position fern von Sizilien erarbeitet. Die Gründe werden Sie vielleicht erahnen. Folglich hat mein Mann seine ganze Zuneigung nicht Stefano, sondern meinem Neffen angedeihen lassen. Und dieser hat seine Liebe bis hin zur Vergötterung erwidert, er ist sogar zu uns gezogen, zum großen Bedauern meiner Schwester und ihres Mannes, die sich dadurch zurückgesetzt fühlten.«
Sie erhob sich, und Montalbano tat es ihr gleich.
»Ich habe Ihnen alles gesagt, Commissario, was ich glaubte, Ihnen sagen zu müssen. Ich weiß, daß ich es mit einem ehrlichen Menschen zu tun habe. Wenn Sie es für angemessen halten, geben Sie mir Bescheid, zu jeder Tages- und Nachtzeit. Haben Sie keine Skrupel, mir die

Wahrheit zu sagen, ich bin das, was man gemeinhin eine starke Frau nennt. Handeln Sie in jedem Fall nach bestem Gewissen.«

»Eine Frage, Signora, die mich seit einiger Zeit beschäftigt. Warum haben Sie niemandem Bescheid gegeben, daß Ihr Mann seinerzeit nicht heimgekommen ist … oder anders gefragt: War die Tatsache, daß Ihr Mann in jener Nacht nicht nach Hause kam, nicht besorgniserregend? Ist das vorher schon einmal vorgekommen?«

»Ja, das ist vorgekommen. Aber sehen Sie, am Sonntag abend hat er mich ja angerufen.«

»Von wo aus?«

»Das weiß ich nicht. Er sagte mir, es würde sehr spät werden. Er habe eine wichtige Sitzung, und es sei gut möglich, daß er die ganze Nacht auswärts verbringen müsse.«

Sie reichte ihm die Hand, und der Commissario, ohne eigentlich zu wissen, warum, nahm sie und küßte sie sacht.

Kaum hatte er die Villa wieder durch den Hintereingang verlassen, erblickte er Giorgio, der gekrümmt und von Krämpfen geschüttelt auf einem nahen Steinbänkchen saß.

Montalbano näherte sich besorgt und sah, wie die Hände des jungen Mannes sich öffneten, ein gelber Umschlag zu Boden fiel und Fotos sich über den Boden verstreuten. Offenbar hatte Giorgio, von katzenhafter Neugier getrieben, das Couvert an sich genommen, während er zusammengekauert neben der Tante hockte.

»Geht es Ihnen nicht gut?«

»So doch nicht, o mein Gott, so doch nicht!«

Giorgio sprach mit erstickter Stimme, die Augen gläsern, er hatte die Anwesenheit des Commissario nicht einmal bemerkt. Ein Augenblick nur, und er wurde starr und fiel hintenüber von der Bank. Montalbano kniete sich neben ihn und versuchte den von Krämpfen geschüttelten Körper bestmöglich festzuhalten. Weißer Schaum trat dem Jungen vor den Mund.

Stefano Luparello erschien in der Haustür. Er schaute sich um, bemerkte die Szene und stürzte herbei.

»Ich bin Ihnen nachgeeilt, um Sie zu verabschieden. Was ist los?«

»Ein epileptischer Anfall, nehme ich an.«

Sie versuchten zu verhindern, daß Giorgio sich mit den Zähnen auf die Zunge biß und mit dem Kopf aufschlug. Dann beruhigte sich der junge Mann und zuckte nur noch kraftlos.

»Helfen Sie mir bitte, ihn hineinzutragen«, bat Stefano.

Das Hausmädchen, dasselbe, das dem Commissario die Tür geöffnet hatte, kam auf den ersten Ruf des jungen Ingenieurs hin herbeigeeilt.

»Ich möchte nicht, daß Mama ihn in diesem Zustand sieht.«

»Zu mir«, sagte das Dienstmädchen.

Sie zwängten sich mühsam einen anderen Korridor entlang als den, durch den der Commissario zuvor gegangen war. Montalbano hielt Giorgio unter den Achselhöhlen, Stefano faßte ihn an den Füßen. Als sie im Flügel des Dienstpersonals ankamen, öffnete das Mädchen eine Tür. Keuchend legten sie den jungen Mann aufs Bett. Giorgio schien in einen bleiernen Schlaf gesunken zu sein.

»Helft mir, ihn auszukleiden«, sagte Stefano.

Erst als der junge Mann in Boxershorts und Unterhemd dalag, fiel Montalbano auf, daß die Haut vom Halsansatz bis unter das Kinn von einem alabasternen Weiß war und einen scharfen Kontrast zu dem sonnengebräunten Gesicht und der ebenfalls braunen Brust bildete.

»Wissen Sie, warum er hier nicht gebräunt ist?« fragte er den Ingenieur.

»Keine Ahnung«, entgegnete dieser. »Ich bin erst am Montag nachmittag nach Montelusa zurückgekommen. Ich war monatelang weg.«

»Aber ich weiß es«, sagte das Dientmädchen. »Der junge Herr hatte sich bei einem Autounfall verletzt. Die Halskrause hat man ihm erst vor einer knappen Woche abgenommen.«

»Wenn er wieder zu sich kommt und klar denken kann«, sagte Montalbano zu Stefano, »sagen Sie ihm doch bitte, daß er morgen früh gegen zehn Uhr bei mir im Büro in Vigàta vorbeikommen soll.«
Er kehrte zur Bank zurück, nahm das Couvert und die Fotos vom Boden auf, von denen Stefano nichts bemerkt hatte, und steckte sie ein.

Von der Kurve von Sanfilippo war das Capo Massaria etwa hundert Meter entfernt. Aber der Commissario konnte das Haus nicht sehen, das direkt an der Spitze der Felsküste stehen mußte, zumindest den Angaben der Signora Luparello zufolge. Er ließ den Motor wieder an und fuhr im Schrittempo weiter. Als er genau auf der Höhe der Spitze war, bemerkte er inmitten von dichten und niederen Bäumen einen schmalen Feldweg, der von der Landstraße abging. Er bog in den Weg ein und stieß kurz darauf auf ein verschlossenes Eisentor, die einzige Öffnung in einer Trockenmauer, die den Teil der Felsspitze, der über das Meer hinausragte, völlig abriegelte. Die Schlüssel paßten. Montalbano ließ den Wagen vor dem Tor stehen und ging einen Gartenweg aus Tuffstein entlang. Am Ende stieg er eine kleine Treppe hinab, ebenfalls aus Tuff, die auf einer Art Podest endete, von dem aus sich die Haustür öffnete. Von oben war das Haus nicht zu sehen, da es einem Adlerhorst ähnlich

angelegt war, wie manche Berghütten, die in den Fels gebaut sind.
Er fand sich in einem großen Salon mit Blick aufs Meer wieder, der sozusagen über dem Wasser schwebte. Der Eindruck, man befände sich auf einem Schiffsdeck, wurde noch verstärkt durch das Panoramafenster, das die ganze Wand einnahm. Es herrschte eine musterhafte Ordnung. In einer Ecke stand ein Eßtisch mit vier Stühlen. Ein Sofa und zwei Sessel waren zum Fenster ausgerichtet. Es gab eine Anrichte aus dem neunzehnten Jahrhundert, die mit Gläsern, Tellern, Weinflaschen und Spirituosen angefüllt war, und einen Fernseher mit Videorecorder. Aneinandergereiht auf dem niedrigen Tischchen lagen Videokassetten, vornehmlich Pornofilme. Vom Salon gingen drei Türen ab. Die erste führte in eine kleine Küche, die vor Sauberkeit blitzte. Die Hängeschränke waren randvoll mit Lebensmitteln gefüllt, der Kühlschrank hingegen war halbleer, abgesehen von einigen Flaschen Champagner und Wodka. Das eher geräumige Bad roch nach Lysoform. Auf der Ablage unter dem Spiegel standen ein elektrischer Rasierapparat, Deodorants, ein Flakon Kölnisch Wasser. Im Schlafzimmer, dessen großes Fenster ebenfalls aufs Meer ging, war das Doppelbett mit aufwendig bestickten Überwürfen zugedeckt. Daneben standen zwei Nachttischchen, eins mit Telefon, und ein dreitüriger Schrank. An der Wand

über dem Kopfende des Bettes hing eine sinnliche Aktzeichnung von Emilio Greco. Montalbano öffnete die Schublade des Nachttischchens, auf dem das Telefon stand. Das war bestimmt die Seite, auf der gewöhnlich der Ingenieur gelegen hatte. Drei Präservative, ein Kugelschreiber, ein Notizblock mit weißen, unbeschriebenen Seiten. Er fuhr zusammen, als er die Pistole entdeckte, eine Siebenfünfundsechziger, ganz hinten in der Schublade. Sie war geladen. Das Schubfach des anderen Nachttischchens war leer. Er öffnete die linke Schranktür und sah zwei Anzüge an einer Stange hängen. Im Fach darüber lagen ein Hemd, drei Unterhosen, Taschentücher und ein Unterhemd. Er überprüfte die Slips. Die Signora hatte recht, das Etikett war innen an der Rückseite angebracht. In der unteren Schublade ein Paar Mokassins und Pantoffeln. Ein Spiegel bedeckte die gesamte mittlere Schranktür und spiegelte das Bett wider. Dieser Schrankteil war in drei Fächer unterteilt, das obere und das mittlere enthielten, völlig durcheinander, Hüte, italienische und ausländische Zeitschriften, unter dem gemeinsamen Nenner der Pornographie vereint, einen Vibrator, Bettücher und Kopfkissenbezüge zum Wechseln. Im unteren Fach befanden sich drei Frauenperücken, die über eigens dazu bestimmten Ständern hingen, und zwar eine braune, eine blonde und eine rote. Vielleicht waren sie Requisiten der erotischen

Spiele des ehrenwerten Ingenieurs. Die große Überraschung erwartete den Commissario jedoch, als er die rechte Schranktür aufschlug: An der Stange hingen zwei elegante Damenkleider, und in dem darüberliegenden Fach lagen zwei Paar Jeans und einige Blusen. Eine Schublade war leer, in der anderen befanden sich winzige Schlüpfer, kein Büstenhalter. Und während er sich bückte, um den Inhalt der zweiten Schublade besser durchsuchen zu können, begriff Montalbano, was ihn so verblüfft hatte. Es war nicht so sehr der Anblick der weiblichen Kleidungsstücke als vielmehr das Parfum, das sie ausströmten – den gleichen Duft, nur weniger intensiv, hatte er in der alten Fabrik gerochen, beim Öffnen der Handtasche.

Sonst gab es nichts zu sehen, und nur aus Gewissenhaftigkeit beugte er sich hinab, um einen Blick unter die Möbel zu werfen. Eine Krawatte hatte sich um die hinteren Bettfüße geschlungen. Er hob sie auf. Dabei fiel ihm ein, daß man Luparello mit offenem Hemdkragen gefunden hatte. Er zog die Fotografien aus der Jackentasche und vergewisserte sich, daß die Krawatte von der Farbe her bestens zum Anzug des Ingenieurs paßte, den er zum Zeitpunkt des Todes getragen hatte.

Im Kommissariat traf er Germanà und Galluzzo völlig aufgeregt an.

»Und der Brigadiere?«

»Fazio ist mit den anderen an der Tankstelle, der in Richtung Marinella. Da gab es eine Schießerei.«

»Ich fahr' gleich hin. Ist irgend etwas für mich angekommen?«

»Ja, ein Päckchen von Dottor Jacomuzzi.«

Er schnürte es auf, es war das Schmuckstück, das er dann wieder einwickelte.

»Germanà, du kommst mit mir, wir fahren zur Tankstelle. Du setzt mich dort ab und fährst mit meinem Wagen weiter nach Montelusa. Ich werde dir unterwegs sagen, was du zu tun hast.«

Er ging in sein Zimmer und rief den Advokaten Rizzo an, um ihm mitzuteilen, daß die Kette unterwegs sei. Der Scheck über zehn Millionen Lire sei dem Überbringer auszuhändigen, fügte er hinzu.

Während sie auf dem Weg zum Ort der Schießerei waren, erklärte der Commissario Germanà, daß er Rizzo das Päckchen keinesfalls aushändigen durfte, ehe er nicht den Scheck in der Tasche hatte. Und diesen Scheck müsse er – er gab ihm die Adresse – Saro Montaperto bringen und diesem nahelegen, ihn gleich am nächsten Tag einzulösen, sobald die Banken öffneten.

Montalbano konnte sich den Grund nicht erklären, und das war ihm höchst unangenehm, aber er spürte, daß der Fall Luparello auf eine baldige Lösung zusteuerte.

»Soll ich Sie auf dem Rückweg an der Tankstelle abholen?«

»Nein, du bleibst im Kommissariat. Ich fahr' mit dem Streifenwagen zurück.«

Der Streifenwagen und ein Privatfahrzeug versperrten die Zufahrten zur Tankstelle. Kaum war er ausgestiegen – Germanà war weiter in Richtung Montelusa gefahren –, wurde der Commissario von strengem Benzingeruch umhüllt.

»Passen Sie auf, wo Sie hintreten!« schrie Fazio ihm zu.

Das Benzin hatte eine Lache gebildet, die Ausdünstungen riefen in Montalbano Übelkeit und eine leichte Benommenheit hervor. Ein Auto mit Palermitaner Nummernschild stand mit zersplitterter Windschutzscheibe an der Tankstelle.

»Es hat einen Verletzten gegeben«, sagte der Brigadiere. »Den Fahrer. Man hat ihn mit dem Krankenwagen weggebracht.«

»Schwer verletzt?«

»Nein, eine Lappalie. Aber er hat einen riesigen Schreck bekommen.«

»Was genau ist passiert?«

»Wenn Sie selbst mit dem Tankwart sprechen wollen ...«

Auf die Fragen des Commissario antwortete der Mann mit solch schneidender Stimme, daß es Montalbano so vorkam, als würde jemand mit einem Nagel Glas ritzen.

Der Ablauf war in etwa folgender gewesen: Ein Wagen hatte angehalten, der einzige Insasse verlangte ›Volltanken‹, der Tankwart steckte den Stutzen in den Tank und ließ ihn dort. In der Zwischenzeit war nämlich ein weiteres Auto angekommen, dessen Fahrer um Benzin für dreißigtausend Lire gebeten hatte und den Ölstand geprüft haben wollte. Während der Tankwart auch den zweiten Kunden bediente, wurden von einem Auto auf der Straße aus Schüsse aus einer Maschinenpistole abgefeuert, dann beschleunigte der Wagen und mischte sich unter den Verkehr. Der Mann, der am Steuer des ersten Autos saß, war sofort losgefahren und hatte die Verfolgung aufgenommen. Der Schlauch lag auf dem Boden, und das Benzin floß weiter. Der Fahrer des zweiten Wagens schrie wie ein Irrer, er hatte einen Streifschuß an der Schulter abbekommen. Nachdem die erste Panik vorüber war und der Tankwart begriff, daß keine Gefahr mehr drohte, hatte er dem Verletzten erste Hilfe geleistet. Unterdessen war das Benzin weiter aus dem Schlauch geflossen.

»Hast du den Mann aus dem ersten Wagen, den, der die Verfolgung aufgenommen hat, aus der Nähe gesehen?«

»Nein.«

»Bist du dir ganz sicher?«

»So sicher wie das Amen in der Kirche.«

Inzwischen war die von Fazio alarmierte Feuerwehr eingetroffen.
»Also, paß auf«, sagte Montalbano zum Brigadiere, »sobald die Feuerwehr fertig ist, schnappst du dir den Tankwart, dessen Geschichte mich nicht im geringsten überzeugt, und bringst ihn aufs Kommissariat. Setz ihm die Daumenschrauben an. Der weiß genau, wer der Mann war, den sie erschießen wollten.«
»Das glaube ich auch.«
»Wollen wir wetten, daß es einer vom Cuffaro-Clan ist? Diesen Monat, glaube ich, ist einer von denen dran.«
»Wollen Sie mich etwa arm machen?« fragte der Brigadiere lachend. »Die Wette haben Sie bereits gewonnen.«
»Auf Wiedersehen.«
»Wo wollen Sie denn hin? Soll ich Sie mit dem Streifenwagen fahren?«
»Ich gehe nach Hause, mich umziehen. Von hier sind es nur zwanzig Minuten zu Fuß. Ein wenig frische Luft wird mir guttun.«
Er machte sich auf den Weg. Er hatte keine Lust, Ingrid Sjostrom wie ein Dressman gegenüberzutreten.

Zwölf

Kaum der Dusche entstiegen, machte er es sich, noch nackt und tropfnaß, vor dem Fernseher gemütlich. Aufnahmen von Luparellos Beerdigung, die am Morgen stattgefunden hatte, flimmerten über den Bildschirm. Der Kameramann hatte klar erkannt, daß die einzigen Personen, die der Feier eine gewisse Dramatik verleihen konnten, das Trio aus Witwe, Sohn Stefano und Neffe Giorgio waren. Ansonsten erinnerte die Zeremonie stark an eine der vielen, langweiligen offiziellen Veranstaltungen. Die Signora zuckte ab und an nervös mit dem Kopf, warf ihn leicht zurück, als würde sie wiederholt nein sagen. Dieses Nein interpretierte der Kommentator mit seiner leisen, mitleidsvollen Stimme als eine deutliche Geste des Lebens, das sich der Konkretheit des Todes verweigere. Aber während der Kameramann den Zoom auf die Signora richtete, bis er ihren Blick auffing, fand Montalbano das bewahrheitet, was die Witwe ihm bereits bestätigt hatte: In ihren Augen lagen nur Verachtung und Gleichgültigkeit. Neben ihr saß der Sohn, »starr vor Schmerz«, wie der Sprecher erklärte. Er beschrieb ihn als *starr*, nur weil der junge Ingenieur eine Gefaßtheit an den Tag legte, die an Gleichgültigkeit grenzte. Giorgio hingegen wankte wie ein Baum im Wind, aschfahl im Gesicht, ein tränennasses Taschentuch in den Händen, das er ununterbrochen zusammenknüllte.

Das Telefon läutete. Montalbano nahm den Hörer ab und antwortete, ohne dabei den Blick vom Fernseher abzuwenden.

»Commissario, ich bin's, Germanà. Alles okay. Der Avvocato Rizzo bedankt sich bei Ihnen und meint, er werde schon Mittel und Wege finden, sich erkenntlich zu zeigen.«

Auf einige dieser Mittel und Wege des Advokaten, sich erkenntlich zu zeigen, hätten die Gläubiger gerne verzichtet, munkelte man.

»Dann bin ich zu Saro gegangen, um ihm den Scheck zu geben. Ich mußte sie regelrecht überreden, die beiden, sie waren einfach nicht zu überzeugen, hielten das für einen dummen Scherz, dann haben sie mir die Hände geküßt. Ich erspare Ihnen all das, was der Herrgott ihrer Meinung nach für Sie tun müßte. Das Auto steht vorm Kommissariat. Was mach' ich damit, soll ich es zu Ihnen nach Hause bringen?«

Der Commissario schaute auf die Uhr. Bis zum Treffen mit Ingrid war es noch eine gute Stunde.

»In Ordnung, aber laß dir Zeit. Sagen wir, du bist um halb zehn hier. Ich fahre dich dann in die Stadt zurück.«

Er wollte den Augenblick der vorgetäuschten Ohnmacht nicht versäumen. Er fühlte sich wie ein Zuschauer, dem der Zauberkünstler den Trick schon vorher verraten hat, so daß er sein Vergnügen nicht mehr in der Überraschung, sondern in der Bewunderung der Geschicklichkeit findet. Allerdings hatte der Kameramann diesen Moment versäumt. Er schaffte es nicht rechtzeitig, die Kamera herumzureißen, wenn er auch schnell von der Nahaufnahme des Ministers zur Gruppe der Familienangehörigen hinüberschwenkte. Stefano und zwei Freiwillige trugen die Signora bereits nach draußen, während Giorgio an seinem Platz blieb und weiter hin und her wankte.

Statt Germanà vor dem Kommissariat abzusetzen und weiterzufahren, stieg Montalbano mit ihm aus. Er traf Fazio an, der aus Montelusa zurückgekommen war. Er hatte mit dem Verletzten gesprochen, als dieser sich endlich beruhigt hatte. Es handelte sich, erzählte der Brigadiere, um einen Vertreter für Elektrogeräte, der alle drei Monate mit dem Flugzeug von Mailand nach Palermo flog, sich dort einen Wagen mietete und seine

Kunden besuchte. Als er an der Tankstelle angehalten hatte, um auf seiner Liste nachzusehen, wo das nächste Geschäft war, das er besuchen mußte, habe er die Schüsse gehört und gleich darauf einen stechenden Schmerz an der Schulter verspürt. Fazio glaubte seiner Schilderung.

»Dottore, wenn der nach Mailand zurückkehrt, wird er ein glühender Anhänger von denen werden, die Sizilien vom Norden abtrennen wollen.«

»Und der Tankwart?«

»Der Tankwart, das ist eine andere Kiste. Giallombardo spricht mit ihm, Sie wissen ja, wie der ist. Da ist einer zwei Stunden mit ihm zusammen, plaudert mit ihm, als würde er ihn seit hundert Jahren kennen, und im nachhinein fällt ihm dann auf, daß er ihm Dinge erzählt hat, die er noch nicht mal seinem Pfarrer bei der Beichte anvertrauen würde.«

Die Lichter waren aus, die gläserne Eingangstür verschlossen. Montalbano hatte ausgerechnet den wöchentlichen Ruhetag der Bar Marinella gewählt. Er parkte das Auto und wartete.

Einige Minuten später kam ein Zweisitzer an, rot, flach wie eine Flunder. Ingrid öffnete den Wagenschlag und stieg aus. Wenn das Licht der Straßenlaterne auch recht spärlich war, sah der Commissario doch, daß sie schöner war, als er sie sich vorgestellt hatte. Sie hatte eine weiße Bluse mit tiefem Ausschnitt und hochgekrempelten Ärmeln an, die überlangen Beine steckten in hautengen Jeans, und an den Füßen trug sie Sandalen. Die Haare waren zu einem Knoten aufgesteckt: ein echtes Covergirl. Ingrid blickte sich um, sah die ausgeschalteten Lichter. Lässig, aber selbstsicher ging sie auf den Wagen des Commissario zu und beugte sich hinunter, um durch das offene Seitenfenster mit ihm zu sprechen.

»Siehst du, daß ich recht hatte? Wo gehen wir jetzt hin, zu dir nach Hause?«

»Nein«, entgegnete Montalbano verärgert. »Steigen Sie ein.«

Die Frau gehorchte, und sogleich wurde das Auto vom Duft des Parfums erfüllt, das der Commissario bereits kannte.

»Wo geht's hin?« wiederholte die Frau. Jetzt scherzte sie nicht mehr. Als Vollblutweib war ihr die Nervosität des Mannes nicht entgangen.

»Haben Sie Zeit?«

»Soviel ich will.«

»Wir fahren an einen Ort, der Ihnen bestimmt zusagen wird, weil Sie schon mal dort gewesen sind. Sie werden sehen.«

»Und mein Auto?«

»Wir kommen später hierher zurück, um es abzuholen.«
Sie fuhren los, und nach einigen Minuten Schweigen stellte Ingrid die Frage, die sie als erste hätte stellen sollen.
»Warum wolltest du dich mit mir treffen?«
Der Commissario überdachte die Idee, die ihm gekommen war, als er sie gebeten hatte, zu ihm ins Auto zu steigen. Typisch Bulle, dieser Gedanke, aber schließlich war er ja auch ein Bulle.
»Ich wollte Sie treffen, weil ich einige Fragen zu stellen habe.«
»Paß mal auf, Commissario, ich sage zu allen du. Wenn du mich siezt, bringst du mich in Verlegenheit. Wie ist dein Vorname?«
»Salvo. Hat dir der Avvocato Rizzo gesagt, daß wir die Halskette wiedergefunden haben?«
»Welche?«
»Was heißt denn hier ›welche‹? Die mit dem Diamantenherz natürlich.«
»Nein, das hat er mir nicht gesagt. Außerdem habe ich keinen Kontakt zu ihm. Er wird es bestimmt meinem Mann erzählt haben.«
»Also, eines würde mich ja doch mal interessieren. Ist es normal für dich, Juwelen einfach so zu verlieren?«
»Warum?«
»Warum? Ich erzähle dir, daß wir deine Kette wiederge-

funden haben, die immerhin um die hundert Millionen Lire wert ist, und du hörst zu, ohne mit der Wimper zu zucken?«

Ingrid entschlüpfte ein leises, kehliges Lachen.

»Die Sache ist die, daß ich keinen Schmuck mag. Siehst du?«

Sie zeigte ihm ihre Hände.

»Ich trage keine Ringe, nicht einmal meinen Ehering.«

»Wo hast du die Kette denn verloren?«

Ingrid antwortete nicht gleich.

Sie geht noch mal die Lektion durch, dachte Montalbano.

Dann begann die Frau zu sprechen, mechanisch, und die Tatsache, daß sie Ausländerin war, half ihr nicht gerade beim Lügen.

»Ich war neugierig, wollte diese Mannàra mal sehen …«

»Mànnara«, verbesserte Montalbano sie.

»… von der ich gehört hatte. Ich habe meinen Mann überredet, mit mir hinzufahren. Dort bin ich ausgestiegen und ein paar Schritte gegangen. Ich bin beinahe angefallen worden, habe mich furchtbar erschreckt, hatte Angst, daß mein Mann Streit anfangen würde. Da sind wir zurückgefahren. Und zu Hause ist mir dann aufgefallen, daß ich die Halskette nicht mehr hatte.«

»Und wie kommt's, daß du sie an jenem Abend überhaupt umgelegt hast, wo du dir doch aus Schmuck gar nichts machst? Sie scheint mir nicht gerade geeignet für die Mànnara.«

Ingrid zögerte.

»Ich hatte sie um, weil ich am Nachmittag mit einer Freundin zusammen war, die sie sehen wollte.«

»Paß mal auf«, sagte Montalbano, »eine Bemerkung muß ich vorausschicken. Ich spreche durchaus als Commissario mit dir, wenn auch offiziös. Habe ich mich verständlich ausgedrückt?«

»Nein. Was heißt das, offiziös? Das Wort kenne ich nicht.«

»Das heißt, daß das, was du mir sagst, unter uns bleiben wird. Warum hat sich dein Mann gerade Rizzo als Anwalt genommen?«

»Sollte er das etwa nicht?«

»Nein, zumindest leuchtet es nicht ganz ein. Rizzo war immerhin die rechte Hand des Ingegnere Luparello, das heißt, er war der größte politische Gegner deines Schwiegervaters. Übrigens, kanntest du Luparello?«

»Vom Sehen. Rizzo war schon immer Giacomos Anwalt. Und ich habe von Politik nicht den leisesten Schimmer.«

Sie streckte sich, die Arme nach hinten gebogen.

»Ich langweile mich. Schade. Ich dachte, daß ein Treffen mit einem Polizisten aufregender sei. Dürfte ich vielleicht wissen, wohin wir fahren? Ist es noch sehr weit?«

»Wir sind fast da«, entgegnete Montalbano.

Kaum hatten sie die Kurve von Sanfilippo hinter sich gelassen, als die Frau nervös wurde. Zwei- oder dreimal beobachtete sie den Commissario aus den Augenwinkeln und murmelte dann: »In dieser Gegend gibt es doch gar keine Bars.«

»Ich weiß«, sagte Montalbano, und während er die Geschwindigkeit verringerte, griff er nach der Umhängetasche, die er hinter den Beifahrersitz gelegt hatte, auf dem nun Ingrid saß. »Ich möchte dir gerne etwas zeigen.«

Er legte ihr die Tasche auf die Knie. Die Frau betrachtete sie und schien tatsächlich überrascht.

»Wo hast du die denn her?«

»Ist das deine?«

»Natürlich ist das meine, sie trägt meine Initialen.«

Als sie sah, daß die beiden Buchstaben fehlten, war sie noch verblüffter.

»Die werden abgefallen sein«, sagte sie leise, aber sie war nicht überzeugt davon. Sie verlor sich in einem Labyrinth von Fragen ohne Antworten. Sie wurde unruhig, das war offensichtlich.

»Deine Initialen sind immer noch da, du kannst sie nur nicht erkennen, weil es dunkel ist. Sie haben sie abgerissen, aber ihr Abdruck ist auf dem Leder geblieben.«

»Aber warum haben sie sie abgerissen? Und wer überhaupt?«

Ein Hauch von Ängstlichkeit schwang nun in ihrer Stimme. Der Commissario gab keine Antwort, wußte aber nur zu gut, warum dies geschehen war. Nämlich um den Eindruck zu erwecken, daß Ingrid versucht hatte, die Tasche unkenntlich zu machen. Sie waren an dem Feldweg angelangt, der zum Capo Massaria führte. Montalbano, der beschleunigt hatte, als wolle er geradeaus weiterfahren, warf das Steuer herum und bog ein. Im Nu und ohne ein Wort zu sagen, riß Ingrid die Wagentür auf, ließ sich geschickt aus dem fahrenden Auto fallen und entfloh zwischen die Bäume. Laut fluchend bremste der Commissario, sprang hinaus und lief hinter ihr her. Nach wenigen Sekunden wurde ihm klar, daß er sie niemals einholen würde, und er blieb unentschlossen stehen. In dem Moment sah er sie stürzen. Als er neben ihr stand, unterbrach Ingrid, die sich nicht mehr aufrichten konnte, ihr Selbstgespräch auf schwedisch, das unzweideutig Angst und Wut ausdrückte.

»Verdammter Mist, verdammter!« Sie massierte sich immer noch den rechten Knöchel.

»Steh auf, und hör endlich auf mit dem Scheiß!«

Sie gehorchte unter Mühen, zog sich an Montalbano hoch, der reglos stehengeblieben war, ohne ihr zu helfen.

Das Tor öffnete sich leicht, die Haustür hingegen leistete Widerstand.

»Laß mich das machen«, sagte Ingrid. Sie war ihm ohne weiteren Widerstand gefolgt, als hätte sie sich ergeben. Aber sie hatte sich bereits einen Plan zu ihrer Verteidigung zurechtgelegt.

»Da drinnen wirst du sowieso nichts finden«, sagte sie an der Türschwelle. Ihre Stimme hatte einen herausfordernden Unterton.

Sie knipste das Licht an und bewegte sich auf wackligen Beinen, aber selbstsicher. Als sie jedoch die Möbel, die Videokassetten, das vollständig eingerichtete Zimmer sah, stand ihr die Verblüffung ins Gesicht geschrieben. Eine Falte legte sich ihr quer über die Stirn.

»Sie hatten mir doch gesagt ...«

Sie beherrschte sich augenblicklich und hielt inne. Sie zog die Schultern hoch und blickte Montalbano an, in Erwartung seines nächsten Schrittes.

»Ins Schlafzimmer«, sagte der Commissario.

Ingrid öffnete den Mund, wollte gerade eine hämische Bemerkung fallen lassen, verlor dann aber den Mut, drehte sich um und humpelte in das andere Zimmer. Sie machte das Licht an, gab sich dieses Mal jedoch alles andere als überrascht. Sie war darauf vorbereitet, alles in peinlicher Ordnung vorzufinden. Sie setzte sich ans Fußende des Bettes. Montalbano öffnete die linke Schranktür.

»Weißt du, wem diese Sachen gehören?«

»Silvio … nehme ich an, dem Ingegnere Luparello.«

Er öffnete die mittlere Tür.

»Sind das deine Perücken?«

»Nie eine Perücke getragen.«

Als er die rechte Tür aufschlug, schloß Ingrid die Augen.

»Schau her, du kannst doch sowieso nichts ändern. Sind das deine?«

»Ja. Aber …«

»… aber sie hätten nicht mehr hier sein dürfen«, beendete Montalbano an ihrer Stelle den Satz.

Ingrid schrak zusammen.

»Woher weißt du das? Wer hat dir das gesagt?«

»Das hat mir niemand gesagt, ich habe einfach eins und eins zusammengezählt. Ich bin ein Bulle, erinnerst du dich? War die Umhängetasche auch in dem Schrank?«

Ingrid nickte.

»Und die Kette, die du angeblich verloren hattest, wo war die?«

»In der Tasche. Ich habe sie einmal anlegen müssen, es ging nicht anders, dann bin ich hierhergekommen und habe sie hiergelassen.«

Sie machte eine Pause, sah dem Commissario lange in die Augen.

»Was bedeutet das alles?«

»Gehen wir nach nebenan.«

Ingrid nahm ein Glas aus der Anrichte, füllte es zur

Hälfte mit Whiskey, leerte es in einem Zug aus und füllte es erneut.

»Magst du auch einen?«

Montalbano lehnte ab. Er hatte sich aufs Sofa gesetzt und blickte aus dem Fenster. Das Licht im Raum war schwach genug, daß man das Meer hinter der Glasscheibe sehen konnte. Ingrid setzte sich neben ihn.

»Von hier aus habe ich schon in besseren Momenten das Meer betrachtet.«

Sie ließ sich ein wenig tiefer in das Sofa sinken, legte den Kopf an die Schulter des Commissario, der reglos sitzen blieb. Er hatte sofort verstanden, daß diese Geste kein Annäherungsversuch war.

»Ingrid, erinnerst du dich an das, was ich dir im Auto gesagt habe? Daß unser Gespräch offiziös sei?«

»Ja.«

»Jetzt sag mal ehrlich. Die Kleider im Schrank, hast du die mitgebracht, oder hat sie jemand da hineingetan?«

»Ich habe sie mitgebracht. Für alle Fälle.«

»Warst du Luparellos Geliebte?«

»Nein.«

»Wie, nein? Mir scheint, du bist hier wie zu Hause.«

»Mit Luparello war ich nur einmal im Bett, sechs Monate nachdem ich nach Montelusa gekommen bin. Danach nie mehr. Er hat mich hierher gebracht. Aber wir sind dann Freunde geworden, echte Freunde, welch Wunder.

Nicht einmal in meiner Heimat ist mir das je mit einem Mann passiert. Ich konnte ihm alles sagen, einfach alles. Wenn ich in der Patsche saß, gelang es ihm immer, mich herauszuziehen, ohne Fragen zu stellen.«

»Willst du mir etwa weismachen, daß du das einzige Mal, das du hier gewesen bist, Kleider, Jeans, Slips, Tasche und Kette mitgebracht hast?«

Ingrid rückte verärgert zur Seite.

»Ich will dir überhaupt nichts weismachen. Ich habe es dir bereits erzählt. Vor einiger Zeit habe ich Silvio gefragt, ob ich hin und wieder sein Haus benutzen könne, und er hat es mir erlaubt. Er hat mich nur um eines gebeten, nämlich sehr diskret zu sein und nie jemandem zu sagen, wem es gehört.«

»Wenn du hierherkommen wolltest, wie erfuhrst du, daß die Wohnung gerade frei war und dir zur Verfügung stand?«

»Wir hatten ein Klingelzeichen per Telefon vereinbart. Ich habe Silvio gegenüber immer Wort gehalten. Nur einen einzigen Mann habe ich hierher gebracht, immer denselben.«

Sie nahm einen kräftigen Schluck und saß mit hängenden Schultern da.

»Einen Mann, der seit zwei Jahren unbedingt eine Rolle in meinem Leben spielen möchte. Ich wollte danach nicht mehr.«

»Wonach?«

»Nach dem ersten Mal. Mir machte die Situation angst. Aber er war ... ist wie blind, ist, wie sagt man da, wie besessen von mir. Rein körperlich. Er möchte mich jeden Tag sehen. Und wenn ich ihn dann hierher bringe, wirft er sich auf mich, wird gewalttätig, reißt mir die Kleider vom Leib. Deswegen habe ich etwas zum Wechseln im Schrank.«

»Weiß dieser Mann, wem das Haus gehört?«

»Das habe ich ihm nie gesagt, und im übrigen hat er mich auch nie danach gefragt. Weißt du, er ist nicht eifersüchtig, er will mich einfach nur ständig haben. Er würde ihn mir am liebsten dauernd reinstecken. Der ist immer bereit, mich flachzulegen.«

»Verstehe. Und Luparello, wußte der, wen du hierher gebracht hast?«

»Für ihn gilt das gleiche, er hat mich nicht gefragt, und ich habe es ihm nicht gesagt.«

Ingrid erhob sich.

»Können wir uns nicht woanders weiter unterhalten? Dieser Ort deprimiert mich. Bist du verheiratet?«

»Nein«, antwortete Montalbano verblüfft.

»Gehen wir zu dir.« Sie lächelte freudlos. »Ich habe dir doch gesagt, daß es so endet, oder?«

Dreizehn

Keiner von beiden hatte Lust zu reden. Eine Viertelstunde lang saßen sie schweigend nebeneinander. Aber dann gab der Commissario ein weiteres Mal seiner Bullennatur nach. Als sie an die Auffahrt zur Brücke kamen, die über den Canneto führt, fuhr er an die Seite, bremste, stieg aus und bedeutete Ingrid, es ihm gleichzutun. Oben von der Brücke aus zeigte der Commissario der Frau das ausgetrocknete Flußbett, das man im Mondlicht gerade erkennen konnte.

»Siehst du«, sagte er, »das Flußbett führt geradewegs zum Strand. Es geht recht steil hinab. Und es ist voller Steine und Felsbrocken. Würdest du es schaffen, hier mit dem Auto hinunterzufahren?«

Ingrid begutachtete die Strecke, zumindest das erste Stück, das sie sehen oder vielmehr erahnen konnte.

»Das kann ich dir so nicht sagen. Bei Tag wäre es etwas anderes. In jedem Fall könnte ich es probieren, wenn du möchtest.«

Sie lächelte den Commissario herausfordernd an.

»Du hast dich gut über mich informiert, was? Also, was muß ich tun?«
»Tu es«, sagte Montalbano.
»In Ordnung. Warte hier.«
Sie stieg ins Auto und fuhr los. Bereits nach wenigen Sekunden konnte Montalbano das Licht der Scheinwerfer nicht mehr sehen.
Na dann gute Nacht! Sie hat mich verarscht, gestand er sich zähneknirschend ein.
Doch noch während er sich auf den langen Fußmarsch nach Vigàta einstellte, hörte er sie zurückkommen. Der Motor heulte.
»Vielleicht schaffe ich es. Hast du eine Taschenlampe?«
»Liegt im Handschuhfach.«
Die Frau kniete nieder, beleuchtete die Unterseite des Wagens und richtete sich wieder auf.
»Hast du ein Taschentuch?«
Montalbano reichte ihr eines. Ingrid wickelte es sich fest um den schmerzenden Knöchel.
»Steig ein.«
Im Rückwärtsgang fuhr sie bis zum Beginn eines unbefestigten Weges, der von der Landstraße abzweigte und bis unter die Brücke führte.
»Ich versuche es, Commissario. Aber vergiß nicht, daß ich einen lahmen Fuß habe. Schnall dich an. Muß ich schnell fahren?«

»Ja, aber es wäre trotzdem ganz schön, wenn wir gesund und heil unten am Strand ankämen.«

Ingrid legte den Gang ein und schoß los. Es folgten zehn Minuten ununterbrochenes mörderisches Gerüttel. Montalbano hatte irgendwann das Gefühl, als wolle sich sein Kopf vom restlichen Körper abtrennen und aus dem Fenster fliegen. Ingrid jedoch war ruhig und gelassen. Unbeirrt lenkte sie das Auto, die Zungenspitze zwischen den Lippen. Der Commissario verspürte den Impuls, ihr zu sagen, sie solle den Mund schließen, damit sie sich nicht versehentlich die Zunge abbiß.

Am Strand angekommen, fragte Ingrid: »Und? Habe ich die Prüfung bestanden?«

Ihre Augen leuchteten im Dunkeln. Sie war aufgeregt und glücklich.

»Ja.«

»Los, wir fahren die Strecke noch einmal, und zwar bergauf.«

»Du bist ja verrückt! Das reicht.«

Sie hatte es zu Recht als Prüfung bezeichnet. Leider war es eine Prüfung gewesen, die zu nichts geführt hatte. Ingrid wußte diese Strecke problemlos zu meistern, und das war ein Punkt zu ihren Ungunsten. Auf die Bitte des Commissario jedoch hatte sie nicht nervös reagiert, sondern nur mit Verwunderung, und das war ein Punkt zu ihren Gunsten. Und die Tatsache, daß sie das Auto beim

Fahren nicht beschädigt hatte – wie war die einzuordnen? Als positives oder als negatives Zeichen?

»Also, was ist? Fahren wir noch einmal? Los komm, das ist der einzige Moment an diesem Abend, an dem ich mich amüsiert habe.«

»Nein, ich habe nein gesagt.«

»Dann fahr du weiter, ich habe zu arge Schmerzen.«

Der Commissario fuhr am Meeresufer entlang, erhielt den Beweis, daß der Wagen in Ordnung war, nichts war in die Brüche gegangen.

»Du bist echt gut.«

»Weißt du«, sagte Ingrid, die plötzlich sachlich und ernst geworden war, »diese Strecke kann jeder fahren. Die Geschicklichkeit liegt darin, den Wagen im selben Zustand ans Ziel zu bringen, in dem er losgefahren ist. Denn dann stehst du vielleicht an einer Asphaltstraße, nicht an einem Strand wie diesem hier, und mußt Gas geben, um aufzuholen. Ich weiß nicht, ob ich mich klar ausdrücke.«

»Du drückst dich bestens aus. Wer zum Beispiel nach der Abfahrt mit kaputten Stoßdämpfern unten am Strand ankommt, der ist schlicht unfähig.«

Als sie an der Mànnara angelangt waren, bog Montalbano rechts ab.

»Siehst du den großen Strauch dort hinten? Da haben sie Luparello gefunden.«

Ingrid sagte nichts, sie zeigte nicht einmal Neugier. Es war wenig los an diesem Abend. Sie fuhren den Feldweg unterhalb der Fabrikmauer entlang.

»Hier hat die Frau, die mit Luparello zusammen war, die Kette verloren und die Umhängetasche über die Mauer geworfen.«

»Meine Tasche.«

»Ja.«

»Ich war es nicht«, murmelte Ingrid, »und ich schwöre dir, daß ich von dieser ganzen Geschichte nicht das geringste kapiere.«

Als sie schließlich Montalbanos Haus erreichten, hatte Ingrid Mühe, aus dem Wagen zu steigen. Der Commissario mußte sie mit einem Arm um die Taille fassen, während sie sich auf seine Schulter stützte. Kaum waren sie drinnen, ließ die Frau sich in den erstbesten Sessel fallen.

»O Gott! Jetzt tut es aber wirklich weh.«

»Geh nach nebenan und zieh dir die Hose aus, dann kann ich dir einen Verband anlegen.«

Ingrid stand jammernd auf, bewegte sich humpelnd vorwärts und stützte sich dabei auf Möbeln und an den Wänden ab.

Montalbano rief im Kommissariat an. Fazio berichtete ihm, daß der Tankwart sich an alles erinnert habe. Er hatte den Mann am Steuer, den sie hatten umbringen wollen, einwandfrei identifiziert. Es handelte sich um Turi Gambarella, einen der Cuffaros, wie sich herausstellte.

»Galluzzo«, fuhr Fazio fort, »ist zu Gambardella nach Hause gegangen. Seine Frau sagt, daß sie ihn seit zwei Tagen nicht gesehen hat.«

»Ich hätte die Wette mit dir gewonnen«, entgegnete der Commissario.

»Warum? Glauben Sie ernsthaft, ich wäre so dämlich gewesen und hätte angebissen?«

Er hörte im Bad das Wasser rauschen. Ingrid schien zu der Sorte Frau zu gehören, die einfach nicht widerstehen können, wenn sie eine Dusche sehen. Er wählte Gegès Nummer, die vom Handy.

»Bist du allein? Kannst du reden?«

»Was das Alleinsein betrifft, ja. Was das Reden anbelangt, kommt darauf an.«

»Ich muß dich nur nach einem Namen fragen. Es ist eine Information, die dich nicht kompromittieren wird, klar? Aber ich will eine genaue Antwort.«

»Welchen Namen?«

Montalbano erklärte es ihm, und Gegè hatte keinerlei Schwierigkeiten, ihm den Namen zu nennen. Zur Krönung fügte er sogar einen Spitznamen hinzu.

Ingrid hatte sich auf dem Bett ausgestreckt. Sie hatte sich in ein großes Handtuch gehüllt, das allerdings herzlich wenig bedeckte.

»Entschuldige, aber ich schaffe es nicht, mich hinzustellen.«

Montalbano holte eine Salbe und eine Mullbinde aus dem Badezimmerschränkchen hervor.

»Her mit dem Fuß!«

Bei der Bewegung verrutschte das Handtuch und gab den Blick auf ihren winzigen Slip und eine Brust frei. Sie sah aus wie von einem Künstler gemalt, der etwas von Frauen verstand. Die Brustwarze guckte sich wie neugierig in der fremden Umgebung um. Auch dieses Mal war dem Commissario sehr wohl bewußt, daß Ingrid mit ihrem Verhalten nicht die geringste Absicht hegte, ihn zu verführen, und er war ihr dankbar dafür.

»Glaub mir, gleich wirst du dich besser fühlen«, sagte er zu ihr, nachdem er ihr den Knöchel mit der Salbe eingerieben und ihn straff verbunden hatte. Die ganze Zeit über hatte Ingrid den Commissario nicht aus den Augen gelassen.

»Hast du einen Whiskey da? Dann bring mir bitte ein halbes Glas ohne Eis.«

Es war, als würden sie sich schon ein ganzes Leben lang kennen. Nachdem er ihr das Glas gereicht hatte, holte Montalbano einen Stuhl und setzte sich zu ihr ans Bett.

»Weißt du was, Commissario?« sagte Ingrid, während sie ihn mit ihren strahlenden grünen Augen anschaute. »Du bist der erste echte Mann, den ich hier seit fünf Jahren treffe.«

»Besser als Luparello?«

»Ja.«

»Danke. Und jetzt beantworte mir meine Fragen.«

»Schieß los.«

Montalbano wollte gerade den Mund öffnen, als es an der Tür klingelte. Er erwartete niemanden und ging erstaunt aus dem Zimmer, um zu öffnen. Vor der Tür stand Anna, in Zivil, und lächelte ihn an.

»Überraschung!«

Sie schob ihn beiseite und trat ein.

»Danke für deine überschwengliche Begeisterung. Wo warst du denn den ganzen Abend? Im Kommissariat haben sie mir gesagt, du seist hier. Also bin ich hier vorbeigefahren, aber es war alles dunkel. Ich habe mindestens fünfmal angerufen, nichts. Und dann habe ich endlich Licht gesehen.«

Sie blickte Montalbano aufmerksam an. Er hatte kein Wort gesagt.

»Was hast du? Bist du plötzlich stumm geworden? Also paß mal auf ...«

Sie hielt inne. Durch die Schlafzimmertür, die halb offen geblieben war, hatte sie Ingrid erblickt, halbnackt, ein Glas in der Hand. Zuerst wurde sie blaß, dann lief sie knallrot an.

»Entschuldigt«, stammelte sie und stürzte hastig hinaus.

»Lauf ihr nach«, rief Ingrid ihm zu. »Erklär ihr alles. Ich werde sofort gehen.«

Voller Zorn versetzte Montalbano der Haustür einen Tritt, daß die Wände zitterten. Dann hörte er Annas Auto, als sie davonfuhr und die Reifen mit derselben Wut quietschen ließ, mit der er die Tür zugeknallt hatte.

»Ich muß ihr überhaupt nichts erklären, verdammte Scheiße!«

»Soll ich gehen?« Ingrid hatte sich im Bett aufgesetzt, ihre Brüste schauten triumphierend oberhalb des Handtuchs hervor.

»Nein. Aber zieh dir was an!«

»Entschuldige.«

Montalbano zog Jacke und Hemd aus, hielt im Bad einen Moment lang den Kopf unter den Wasserhahn, kam zurück und setzte sich wieder neben das Bett.

»Ich will diese Geschichte mit der Kette jetzt von Anfang an hören.«

»Also, am vergangenen Montag wurde Giacomo, mein Mann, von einem Anruf geweckt. Ich habe nicht verstanden, wer es war, ich war zu müde. Er zog sich schnell an und ging weg. Nach zwei Stunden kehrte er zurück und fragte mich, was eigentlich aus der Halskette geworden sei. Seit einiger Zeit würde er sie nirgendwo im Haus mehr sehen. Natürlich konnte ich ihm nicht sagen, daß sie in der Tasche in Silvios Haus lag. Wenn er sie hätte sehen wollen, hätte ich nicht gewußt, was ich ihm hätte antworten sollen. So sagte ich ihm, daß ich sie seit über einem Jahr verloren und es ihm verschwiegen hätte aus Angst, er könne wütend werden. Die Kette war einen Haufen Geld wert, er hatte sie mir in Schweden geschenkt. Daraufhin hat Giacomo mich am unteren Rand eines weißen Blatts Papier unterschreiben lassen. Er brauche es für die Versicherung, erklärte er mir.«

»Und die Geschichte mit der Mànnara, wie kam die zustande?«

»Ach, das war später, als er zum Mittagessen zurückkam. Er sagte mir, sein Anwalt, Rizzo, habe ihm mitgeteilt, der Versicherung gegenüber brauche man eine überzeugendere Erklärung für ihr Verschwinden, und er habe ihm die Geschichte mit der Mannàra empfohlen.«

»Mànnara«, korrigierte Montalbano geduldig. Die falsche Betonung störte ihn.

»Mànnara, Mànnara«, wiederholte Ingrid. »Ehrlich gesagt überzeugte mich diese Geschichte nicht, sie erschien mir widersinnig, allzu konstruiert. Da belehrte Giacomo mich, daß ich in den Augen aller als Nutte gelte. Folglich liege es nahe zu glauben, ich selbst sei auf die Idee gekommen, mir die Mànnara anzusehen.«

»Verstehe.«

»Aber *ich* verstehe es nicht!«

»Sie hatten vor, dich in die Sache zu verstricken.«

»›Verstricken‹ – was heißt das?«

»Dich in eine Falle zu locken. Sieh mal: Luparello stirbt an der Mànnara, während er mit einer Frau zusammen ist, die ihn überredet hat, dorthin zu fahren. Einverstanden?«

»Einverstanden.«

»Gut, sie wollen den Eindruck erwecken, daß du diese Frau gewesen bist. Dir gehört die Tasche, die Kette; die Kleider in Luparellos Haus sind deine, du schaffst die Abfahrt den Canneto hinunter ... Mir würde nur eine einzige Schlußfolgerung bleiben: Die gesuchte Frau heißt Ingrid Sjostrom.«

»Verstehe«, sagte sie und verharrte schweigend, die Augen starr auf das Glas gerichtet, das sie in der Hand hielt. Dann schüttelte sie den Kopf.

»Das kann nicht sein.«

»Was?«

»Daß Giacomo mit den Leuten, die mich in eine Falle locken wollen, gemeinsame Sache macht, wie du sagst.«

»Vielleicht haben sie ihn gezwungen mitzumachen. Die wirtschaftliche Situation deines Mannes ist nicht gerade rosig, weißt du das?«

»Er spricht nicht mit mir über diese Dinge, aber ich weiß

es auch so. Ich bin mir allerdings sicher, wenn er es getan hat, dann nicht für Geld.«

»Dessen bin ich mir auch ziemlich sicher.«

»Aber warum dann?«

»Es gäbe eine andere Erklärung, und zwar die, daß dein Mann gezwungen war, dich in die Sache zu verstricken, um eine Person zu schützen, die ihm mehr am Herzen liegt als du. Warte mal.«

Er ging in das andere Zimmer, wo ein kleiner, mit Papieren übersäter Schreibtisch stand, und zog das Fax heraus, das Nicolò Zito ihm geschickt hatte.

»Eine andere Person vor was retten?« fragte Ingrid, sobald sie den Commissario zurückkommen sah. »Wenn Silvio gestorben ist, während er mit einer Frau schlief, ist doch niemand daran schuld. Dann ist er doch nicht umgebracht worden.«

»Es ging nicht darum, diese Person vor dem Gesetz zu schützen, Ingrid, sondern vor einem Skandal.«

Sie las das Fax, zuerst verblüfft, dann immer amüsierter. Über die Anekdote mit dem Polo-Club mußte sie laut lachen. Gleich darauf jedoch verfinsterte sich ihre Miene, sie ließ das Blatt sinken und neigte den Kopf leicht zur Seite.

»Ist das der Mann? Ist dein Schwiegervater der Mann, mit dem du in Luparellos Haus gegangen bist?«

Die Antwort kostete Ingrid sichtlich Überwindung.

»Ja. Und ich sehe, daß man in Montelusa darüber spricht, obwohl ich alles getan habe, das zu verhindern. Es ist die unangenehmste Sache, die mir passiert ist, seit ich in Sizilien lebe.«

»Du brauchst mir keine Einzelheiten zu erzählen.«

»Du sollst aber wissen, daß nicht ich diejenige war, die angefangen hat. Vor zwei Jahren mußte mein Schwiegervater an einem Kongreß in Rom teilnehmen. Er lud Giacomo und mich ein, mit ihm zu kommen, aber in letzter Minute mußte mein Mann absagen, bestand jedoch darauf, daß ich trotzdem mitfuhr. Ich war noch nie in Rom gewesen. Alles verlief bestens, bis mein Schwiegervater in der letzten Nacht zu mir ins Zimmer kam. Ich dachte, er sei verrückt geworden. Um ihn zu beruhigen, gab ich nach, denn er brüllte und bedrohte mich. Auf dem Rückflug fehlte nicht viel, und er hätte geweint. Er beteuerte, daß es nie mehr vorkommen würde. Du mußt wissen, daß wir im selben Haus wohnen. Gut, eines Nachmittags, als mein Mann fort war und ich im Bett lag, tauchte er auf, wie in jener Nacht, und zitterte von Kopf bis Fuß. Auch dieses Mal hatte ich Angst, das Hausmädchen war in der Küche … Am nächsten Tag teilte ich Giacomo mit, daß ich umziehe wolle. Er fiel aus allen Wolken, ich bestand darauf, und wir stritten uns. Ich kam immer wieder auf das Thema zurück, und jedesmal weigerte er sich, darauf einzugehen. Er hatte recht, von seinem Standpunkt aus.

Währenddessen ließ mein Schwiegervater nicht locker, er küßte mich, berührte mich bei jeder Gelegenheit und riskierte dabei, jederzeit von seiner Frau oder von Giacomo ertappt zu werden. Deswegen habe ich Silvio gebeten, mir ab und zu sein Haus zu leihen.«

»Hat dein Mann irgendeinen Verdacht?«

»Keine Ahnung, ich habe auch schon darüber nachgedacht. Manchmal denke ich, ja, dann wieder komme ich zu der Überzeugung, daß er nichts weiß.«

»Noch eine Frage, Ingrid. Als wir am Capo Massaria ankamen, hast du mir beim Öffnen der Haustür gesagt, daß ich drinnen sowieso nichts finden würde. Und als du dann gesehen hast, daß alles unverändert an Ort und Stelle war, warst du sehr überrascht. Hatte dir vielleicht jemand versprochen, daß Luparellos Haus ausgeräumt werden würde?«

»Ja, Giacomo hatte es mir gesagt.«

»Also, dann wußte dein Mann doch Bescheid?«

»Warte, bring mich nicht durcheinander. Als Giacomo mir erklärte, was ich sagen müßte, wenn die von der Versicherung mich ausfragen sollten, und zwar, daß ich mit ihm an der Mànnara gewesen sei, war ich wegen einer anderen Sache beunruhigt. Nämlich daß nun, wo Silvio tot war, früher oder später jemand die kleine Villa entdecken würde und damit auch meine Kleider, meine Tasche und all die anderen Dinge.«

»Wer hätte sie finden können, deiner Meinung nach?«

»Na ja, keine Ahnung, die Polizei, seine Familie … Ich habe Giacomo alles gebeichtet, bis auf die Sache mit seinem Vater. Ich habe ihn im Glauben gelassen, ich sei mit Silvio dorthin gegangen. Am Abend sagte er mir, es sei alles in Ordnung, ein Freund kümmere sich darum. Wenn jemand die Villa fände, werde er nur weißgetünchte Wände vorfinden. Und ich habe ihm geglaubt. Was hast du?«

Montalbano wurde von der Frage überrumpelt.

»Wie? Was soll ich denn haben?«

»Du greifst dir ständig an den Nacken.«

»Ach, ja. Er tut mir weh. Das kommt wahrscheinlich von unserer Abfahrt durch den Canneto. Und dein Knöchel, wie geht's dem?«

»Besser, danke.«

Ingrid fing an zu lachen. Sie fiel wie ein Kind von einer Stimmung in die nächste.

»Was gibt es da zu lachen?«

»Dein Nacken, mein Knöchel … wie zwei Zimmergenossen im Krankenhaus.«

»Kannst du aufstehen?«

»Wenn es nach mir ginge, würde ich bis morgen früh hier liegen bleiben.«

»Wir haben noch eine Menge zu tun. Zieh dich an. Kannst du Auto fahren?«

Vierzehn

Ingrids flaches rotes Auto stand immer noch auf dem Parkplatz an der Bar Marinella. Es war viel zu auffällig, um gestohlen zu werden. Es fuhren nicht viele Wagen dieses Typs herum, in Montelusa und der übrigen Provinz.

»Nimm dein Auto, und fahr hinter mir her«, sagte Montalbano. »Wir fahren zurück ans Capo Massaria.«

»Um Gottes willen! Wozu denn?« Ingrid machte ein mißmutiges Gesicht. Sie hatte nicht die geringste Lust dazu, und der Commissario hatte volles Verständnis dafür.

»In deinem eigenen Interesse.«

Im Scheinwerferlicht, das er sofort ausschaltete, bemerkte der Commissario, daß das Tor der Villa offenstand. Er stieg aus und ging zu Ingrids Wagen.

»Warte hier auf mich. Mach die Scheinwerfer aus. Erinnerst du dich, ob wir beim Weggehen das Tor zugemacht haben?«

»Ich weiß nicht mehr genau, aber ich glaube schon.«

»Wende schon mal den Wagen, aber mach so wenig Lärm wie möglich.«

Ingrid gehorchte. Die Schnauze des Autos wies jetzt zur Landstraße.

»Hör mir gut zu. Ich gehe da runter, und du bleibst hier und spitzt die Ohren. Wenn du mich rufen hörst oder dir irgend etwas auffällt, was dir eigenartig erscheint, überleg nicht lange, sondern fahr sofort nach Hause.«

»Glaubst du, daß jemand da drin ist?«

»Keine Ahnung. Wie dem auch sei, du tust, was ich dir gesagt habe.«

Er holte die Umhängetasche aus dem Wagen, nahm aber auch die Pistole mit. Dann ging er los, vorsichtig, um beim Auftreten kein Geräusch zu machen. Er stieg die Treppe hinunter, die Eingangstür öffnete sich diesmal ohne Lärm und Widerstand. Er trat über die Schwelle, die Pistole im Anschlag. Der Salon war vom Glitzern des Meeres mehr schlecht als recht erleuchtet. Mit dem Fuß stieß er die Badezimmertür, dann nacheinander alle anderen Türen auf. Er fühlte sich, bildlich gesprochen, wie der Held in einer dieser amerikanischen Fernsehserien. Im Haus war niemand, und es waren auch keine Spuren zu entdecken, die darauf hingedeutet hätten, daß jemand hier gewesen war. Er gelangte schließlich zu der Überzeugung, daß er selbst das Tor offen gelassen hatte.

Er öffnete die Glastür im Wohnzimmer und schaute hinaus. An dieser Stelle ragte das Kap wie der Bug eines Schiffes übers Meer hinaus. Dort unten mußte das Wasser recht tief sein. Er füllte die Umhängetasche mit Silberbesteck und einem schweren Kristallaschenbecher, schwang sie über seinem Kopf im Kreis herum und schleuderte sie nach draußen. Die würde man so leicht nicht wiederfinden. Dann holte er alles aus dem Schlafzimmerschrank, was Ingrid gehörte, trat hinaus und prüfte ganz genau nach, ob die Eingangstür auch richtig geschlossen war.

Kaum war er oben an der Treppe angelangt, als ihn die Scheinwerfer von Ingrids Wagen erfaßten.

»Ich hab' dir doch gesagt, du sollst die Lichter auslassen. Und warum hast du das Auto wieder gewendet?«

»Falls es Schwierigkeiten gegeben hätte. Ich wollte dich nicht im Stich lassen.«

»Da sind deine Kleider.«

Sie nahm sie und legte sie auf den Beifahrersitz.

»Und die Tasche?«

»Die hab' ich ins Meer geworfen. Du kannst nun nach Hause fahren. Sie haben jetzt nichts mehr gegen dich in der Hand.«

Ingrid stieg aus, ging auf Montalbano zu und umarmte ihn.

Sie stand eine Weile so da, ihren Kopf an seine Brust gelegt. Dann, ohne ihn nochmals anzusehen, setzte sie sich ans Steuer, legte den Gang ein und fuhr los.

Direkt an der Einfahrt zur Brücke über den Canneto stand ein Auto, das beinahe die ganze Straße versperrte. Ein Mann stand daneben, die Ellbogen auf das Wagendach gestützt. Mit den Händen bedeckte er sich das Gesicht. Er wankte leicht.

»Probleme?« fragte Montalbano und trat aufs Bremspedal.

Der Mann drehte sich um, sein Gesicht war blutverschmiert. Das Blut rann aus einer breiten Verletzung mitten auf der Stirn.

»So ein Arschloch!«

»Entschuldigung, ich habe nicht verstanden. Könnten Sie sich etwas deutlicher ausdrücken?« Montalbano stieg aus seinem Wagen und näherte sich dem Mann.

»Ich fuhr so fröhlich vor mich hin, und dieser Hurensohn überholt mich einfach. Fehlte nicht viel, und er hätte mich von der Straße gedrängt. Da bin ich stinksauer geworden und hinter ihm hergerast, habe gehupt und aufgeblendet. Daraufhin hat der plötzlich gebremst und sich dabei quer gestellt. Er ist ausgestiegen, hatte irgend etwas in der Hand, das ich nicht erkennen konnte. Ich bekam es mit der Angst zu tun, dachte, es sei eine Waffe. Er ist auf mich zu gekommen, ich hatte das Seitenfenster offen, und ohne ein einziges Wort zu sagen, hat er mir mit diesem Ding eins übergebraten. Da wußte ich dann auch, daß es ein Schraubenschlüssel war.«

»Brauchen Sie Hilfe?«

»Nein, es hört schon auf zu bluten.«

»Möchten Sie Anzeige erstatten?«

»Bringen Sie mich bloß nicht zum Lachen, mir tut mein Kopf weh.«

»Soll ich Sie ins Krankenhaus begleiten?«

»Würden Sie sich, bitte schön, um Ihren eigenen Scheiß kümmern?«

Wie lang mochte es her sein, daß er einmal eine ganze Nacht so richtig tief und fest durchgeschlafen hatte? Und jetzt kam auch noch dieser verdammte Schmerz im Nacken hinzu, der ihm keine Ruhe ließ. Es tat weh, ob er nun auf dem Bauch oder auf dem Rücken lag, das machte keinen Unterschied. Der Schmerz hielt unvermindert an, bohrend, beißend, aber ohne zu stechen, was das Ganze vielleicht noch unerträglicher machte. Montalbano knipste das Licht an, es war vier Uhr. Auf dem Nachttischchen lagen noch immer die Salbe und die Mullbinde. Er griff danach, rieb sich vor dem Badezimmerspiegel ein wenig von der Salbe auf den Nacken, in der Hoffnung, sie möge ihm Linderung verschaffen. Dann umwickelte er sich mit der Binde den Hals, klebte das Ende des Mulls mit einem Stück Heftpflaster fest. Vielleicht hatte er den Verband etwas zu fest angelegt, zumindest hatte er Schwierigkeiten, den Hals zu drehen. Er schaute in den Spiegel. Und genau in dem Moment schoß ihm ein Gedanke wie ein gleißendes Licht blitzartig durch den Kopf und ließ selbst das hell erleuchtete Bad dunkel wirken. Er fühlte sich wie eine jener Zeichentrickfiguren, die mit ihren Röntgenaugen durch die Dinge hindurchsehen können.

Im Gymnasium hatte er einen alten Pfarrer als Religionslehrer gehabt. »Die Wahrheit ist Licht«, hatte dieser eines Tages gepredigt.

Montalbano war ein fauler Schüler gewesen, der wenig lernte und immer in der hintersten Reihe saß.

»Das würde ja dann heißen, wenn in einer Familie alle die Wahrheit sagen, sparen sie Strom.«

Das war sein laut gedachter Kommentar gewesen. Daraufhin war er aus dem Klassenzimmer geflogen.

Jetzt, mehr als dreißig Jahre später, bat er den alten Pfarrer im Geiste um Entschuldigung.

»Sie sehen vielleicht mißmutig aus!« rief Fazio, als er Montalbano ins Kommissariat kommen sah. »Fühlen Sie sich nicht gut?«

»Laß mich in Ruhe«, gab Montalbano zurück. »Nachrichten von Gambardella? Habt ihr ihn gefunden?«

»Nichts. Verschwunden. Ich habe mich schon darauf eingestellt, daß wir ihn irgendwo auf dem platten Land von Hunden angenagt finden werden.«

Aber in der Stimme des Brigadiere schwang irgend etwas mit, das den Commissario mißtrauisch machte. Er kannte ihn schon zu lange.

»Was ist los?«

»Na ja, Gallo ist zur Notaufnahme gefahren, er hat sich am Arm verletzt, nichts Ernstes.«

»Wie ist denn das passiert?«

»Mit dem Streifenwagen.«

»Ist er wieder gerast? Ist er irgendwo gegengefahren?«

»Ja.«

»Muß man dir die Worte mit der Kneifzange aus der Nase ziehen?«

»Na ja, ich habe ihn zum Noteinsatz auf den Markt in den Ort geschickt. Da war eine Schlägerei im Gange, und er ist Hals über Kopf los. Sie wissen ja, wie er ist, er kam ins Schleudern und ist gegen einen Pfahl geprallt. Das Auto haben sie auf unseren Parkplatz nach Montelusa geschleppt. Sie haben uns ein anderes gegeben.«

»Sag mir die Wahrheit, Fazio! Haben sie ihm wieder die Reifen aufgeschlitzt?«

»Ja.«

»Und Gallo hat vorher nicht nachgesehen, wie ich es ihm schon hundertmal gesagt habe? Will das denn einfach nicht in eure Köpfe reingehen, daß das Reifenaufschlitzen zum Nationalsport in diesem Scheißland geworden ist? Sag ihm, er soll sich heute bloß nicht im Büro blicken lassen, denn wenn ich ihn sehe, schlag ich ihm die Fresse ein.«

Er knallte wütend die Tür seines Zimmers zu. Dann kramte er in einer Blechdose, in der er alles mögliche aufbewahrte, von Briefmarken bis zu losen Knöpfen, fand den Schlüssel der alten Fabrik und ging grußlos davon.

Während er auf dem morschen Balken saß, neben dem er Ingrids Tasche gefunden hatte, betrachtete er den undefinierbaren Gegenstand, den er das letzte Mal für eine Muffe, eine Art Verbindungsmanschette für Rohre, gehalten hatte. Nun erkannte er eindeutig, was es war: eine Halskrause, wie neu, nur von nahem sah man, daß sie gebraucht war. Ihr Anblick bewirkte, daß ihn der Nacken erneut schmerzte. Er erhob sich, nahm die Halskrause, verließ die alte Fabrik und fuhr zum Kommissariat.

»Commissario? Stefano Luparello am Apparat.«

»Sie wünschen, Ingegnere?«

»Ich habe neulich meinem Cousin übermittelt, daß Sie ihn heute morgen um zehn Uhr treffen wollten. Vor fünf Minuten hat mich jedoch meine Tante, seine Mutter, angerufen. Ich befürchte, Giorgio wird nicht zu Ihnen kommen können, wie er es eigentlich vorgehabt hatte.«

»Was ist geschehen?«

»Ich weiß nichts Genaues, aber es sieht so aus, als sei er die ganze Nacht außer Haus gewesen, nach Auskunft der Tante jedenfalls. Er ist erst vor kurzem, so gegen neun Uhr, heimgekommen und war in einem erbärmlichen Zustand.«

»Entschuldigen Sie, Ingegnere, aber ich meine von Ihrer Mutter erfahren zu haben, daß er bei Ihnen im Hause lebt.«

»Das stimmt, aber nur bis zum Tode meines Vaters, dann ist er wieder zu seinen Eltern gezogen. Ohne Papà fühlte er sich unwohl bei uns. Wie dem auch sei, die Tante hat den Arzt gerufen, der ihm eine Beruhigungsspritze gegeben hat. Jetzt schläft er tief und fest. Er tut mir furchtbar leid, wissen Sie. Vielleicht hing er zu sehr an Papà.«

»Verstehe. Wenn Sie Ihren Cousin sehen, sagen Sie ihm, daß ich ihn wirklich dringend sprechen muß. Aber ohne Eile, ist nichts Schlimmes, einfach sobald es ihm möglich ist.«

»Selbstverständlich. Ach ja, Mama steht neben mir, sie läßt Ihnen Grüße ausrichten.«

»Grüßen Sie sie bitte ebenfalls von mir. Sagen Sie ihr, daß ich … Ihre Mutter ist eine außergewöhnliche Frau, Ingegnere. Sagen Sie ihr bitte, daß ich sie sehr schätze.«
»Ich werde es ihr ausrichten, danke schön.«

Montalbano verbrachte noch eine Stunde damit, Papiere zu unterzeichnen und Formulare auszufüllen. Sie waren so detailliert wie überflüssig, Fragebögen des Ministeriums.
Galluzzo unterließ es in seiner Aufregung nicht nur anzuklopfen, sondern riß die Tür auch noch mit so viel Schwung auf, daß sie gegen die Wand knallte.
»Gottverdammt noch mal! Was ist denn los?«
»Ich habe es gerade eben von einem Kollegen aus Montelusa erfahren. Sie haben den Avvocato Rizzo umgebracht. Erschossen. Man hat ihn neben seinem Auto gefunden, im Viertel San Giusippuzzu. Wenn Sie wollen, versuche ich, mehr rauszukriegen.«
»Schon gut, ich fahre selber hin.«
Montalbano warf einen Blick auf die Uhr – es war elf – und eilte hinaus.

In Saros Wohnung meldete sich niemand. Montalbano klopfte nebenan, woraufhin ihm eine Alte mit feindseliger Miene öffnete.
»Was ist los? Was ist denn das für eine Art zu stören?«

»Entschuldigen Sie bitte, Signora, ich suche die Signori Montaperto.«

»Die Signori Montaperto? Und was für Signori das sind! *Vastasi sunnu!*« Womit sie die Müllmänner als ›unverschämte Flegel‹ titulierte.

Eine Flut von sizilianischen Schimpfwörtern ergoß sich über den Commissario. Zwischen den beiden Familien schien nicht gerade freundschaftliches Einverständnis zu herrschen.

»Wer sind Sie überhaupt?«

»Ich bin Polizeikommissar.«

Das Gesicht der Frau leuchtete auf, sie fing an, laut zu rufen, tiefe Zufriedenheit klang aus ihrer Stimme.

»Turiddru! Turiddru! *Veni di cursa ccà*, komm ganz schnell her!« Je mehr sie sich aufregte, desto breiter wurde ihr Dialekt.

»Was is'n?« fragte ein dürrer Alter, der angeschlurft kam.

»Dieser Herr, das is'n Kommissar! Siehst du, daß ich recht gehabt hab'? Siehst du, daß sie von der Polizei gesucht werden? Siehst du jetzt, daß das lausige Gauner waren? Siehst du jetzt, daß sie abgehaun sin', um nicht im Gefängnis zu landen?«

»Wann sind sie abgehauen, Signora?«

»Nicht mal 'ne halbe Stunde isses jetzt her. Mit 'm Kleinen. Wenn Sie Ihnen nachlaufen, vielleicht erwischen Sie sie noch.«

»Danke, Signora. Ich nehme gleich die Verfolgung auf.«
Saro, seine Frau und der Kleine hatten es geschafft.

Während der Fahrt nach Montelusa wurde Montalbano zweimal angehalten, zuerst von einem Trupp *alpini*, Gebirgsjägern, und dann von den Carabinieri. Das Schlimmste erwartete ihn auf dem Weg nach San Giusippuzzu. Durch Straßensperren und Kontrollen brauchte er beinahe eine Dreiviertelstunde für nicht einmal fünf Kilometer. Der Polizeipräsident und der Oberst der Carabinieri befanden sich bereits am Tatort, das Polizeipräsidium von Montelusa war sozusagen vollzählig versammelt. Anna war auch da, tat allerdings so, als sähe sie ihn nicht. Jacomuzzi schaute sich aufgeregt um, er suchte jemanden, dem er die Geschichte in allen Einzelheiten erzählen konnte. Kaum hatte er Montalbano entdeckt, eilte er ihm entgegen.
»Eine regelrechte Hinrichtung, grausam.«
»Zu wievielt waren sie?«
»Es war nur einer. Zumindest hat nur einer geschossen. Der arme Avvocato ist erst um halb sieben heute morgen aus seiner Kanzlei gekommen, hat einige Papiere mitgenommen und ist nach Tabbìta gefahren. Er hatte einen Termin mit einem Klienten. Von der Kanzlei ist er alleine weggefahren, das ist sicher, aber unterwegs hat er jemanden mitgenommen, den er kannte.«

»Vielleicht einen Anhalter?«

Jacomuzzi brach in heftiges Gelächter aus, so sehr, daß sich ein paar Leute nach ihm umdrehten.

»Kannst du dir etwa vorstellen, daß Rizzo, mit all der Macht und Verantwortung, die er zu tragen hat, einfach irgendeinen Fremden mitnimmt? Wo er doch vor seinem eigenen Schatten auf der Hut sein mußte! Du weißt besser als ich, daß Luparello den Avvocato im Rücken hatte. Nein, nein, es war bestimmt jemand, den er gut kannte, ein Mafioso.«

»Ein Mafioso, meinst du?«

»Dafür leg' ich die Hand ins Feuer. Die Mafia hat die Preise erhöht, sie verlangt immer mehr, und nicht immer sind die Politiker in der Lage, ihren Forderungen zu entsprechen. Aber es gibt auch noch eine andere Vermutung. Womöglich hat er irgendeinen Fehltritt begangen, jetzt, wo er sich stark fühlte nach der gestrigen Ernennung. Und den haben sie ihm nicht verziehen.«

»Jacomuzzi, meinen Glückwunsch, heute morgen bist du ja ganz besonders helle. Hast dich wohl ausgekackt, was? Wie kannst du dir denn so sicher sein, daß deine Behauptungen richtig sind?«

»Wegen der Art, wie er umgebracht wurde. Erst hat man ihm in die Eier getreten, und dann hat man ihn gezwungen sich hinzuknien, ihm die Pistole in den Nacken gesetzt und abgedrückt.«

Da war er wieder, der stechende Schmerz in Montalbanos Nacken.
»Was für eine Waffe war es?«
»Pasquano sagt, wenn man den Einschuß und die Austrittsstelle des Geschosses in Betracht zieht sowie die Tatsache, daß der Lauf so gut wie auf der Haut angesetzt war, müßte es sich um eine Siebenfünfundsechziger handeln.«
»Dottor Montalbano!«
»Der Polizeipräsident verlangt nach dir«, sagte Jacomuzzi und verdrückte sich. Der Polizeipräsident reichte Montalbano die Hand, sie lächelten sich an.
»Wie kommt es, daß Sie auch hier sind?«
»Um ehrlich zu sein, Herr Polizeipräsident, wollte ich gerade gehen. Ich war in Montelusa, habe die Nachricht gehört und bin dann aus purer Neugierde hergeeilt.«
»Bis heute abend also. Daß Sie mir bloß kommen, meine Frau rechnet fest mit Ihnen.«

Es war eine Vermutung, nur eine Vermutung, zudem so unbestimmt, daß sie sich, hätte Montalbano nur einen Moment lang genauer nachgedacht, rasch verflüchtigt hätte. Dennoch hielt er das Gaspedal voll durchgedrückt, und bei einer Straßensperre riskierte er sogar, daß man auf ihn schoß. Als er am Capo Massaria angekommen war, stellte er nicht einmal den Motor ab. Er sprang aus dem Auto, ohne den Wagenschlag zu schließen, öffnete problemlos Tor und Haustür und rannte ins Schlafzimmer. Die Pistole in der Schublade des Nachttischchens war nicht mehr da. Er schimpfte mit sich selbst. Was war er doch für ein Vollidiot gewesen! Nachdem er die Waffe entdeckt hatte, war er noch zweimal zusammen mit Ingrid in dieses Haus gekommen, ohne zu überprüfen, ob die Waffe noch an ihrem Platz lag. Selbst als er das Tor offen vorgefunden hatte, hatte er nicht nachgeschaut, sondern sich schließlich eingeredet, daß er selbst vergessen hatte, es zu schließen.

Jetzt werde ich ein bißchen herumtrödeln, dachte er, als er nach Hause kam. Auf sizilianisch klang das viel besser: *tambasiàre*. Er mochte dieses Wort. Es bedeutete, in aller Ruhe von einem Zimmer ins andere zu wandern, ohne Ziel und Zweck, ja, sich einfach mit unnützen Dingen zu beschäftigen. Und genau das tat er. Er stellte die Bücher in Reih und Glied, machte auf seinem Schreibtisch Ordnung, rückte eine Zeichnung an der Wand gerade, putzte die Brenner des Gasherds. Er hatte keinen Appetit, war nicht ins Restaurant gegangen und hatte noch nicht einmal den Kühlschrank geöffnet, um nachzusehen, was Adelina ihm zubereitet hatte.
Wie immer hatte er gleich beim Eintreten den Fernseher

eingeschaltet. Die erste Nachricht, die der Sprecher von »Televigàta« vorlas, berichtete in allen Einzelheiten von der Ermordung des Advokaten Rizzo. Eigentlich ging es ausschließlich um die Einzelheiten, denn die Nachricht als solche war bereits in einer Sondersendung bekanntgegeben worden. Der Journalist hegte keinen Zweifel: Der Advokat war auf grausame Weise von der Mafia ermordet worden, die verschreckt war von der Tatsache, daß der Ermordete soeben einen Posten von hoher Verantwortlichkeit erklommen hatte, einen Posten, von dem aus er seinen Kampf gegen das organisierte Verbrechen besser führen konnte. Denn das war das Losungswort der Erneuerung: Krieg der Mafia, ohne jede Gnade. Auch Nicolò Zito, der überstürzt aus Palermo zurückgekehrt war, sprach auf »Retelibera« von der Mafia, tat dies aber auf eine derart verdrehte Weise, daß man nichts verstand. Zwischen den Zeilen, ja zwischen den Wörtern, hörte Montalbano heraus, daß Zito an eine brutale Abrechnung dachte, es aber nicht offen zugeben wollte. Er fürchtete wahrscheinlich eine neue Klage, zusätzlich zu den unzähligen anderen, die er schon am Hals hatte. Schließlich hatte Montalbano all das leere Geschwätz satt. Er schaltete den Fernseher aus, klappte die Läden zu, um das Tageslicht auszusperren, warf sich angezogen, wie er war, aufs Bett und rollte sich zusammen. Er wollte sich einigeln. Ein anderes Wort, das er liebte und das auf sizilianisch so viel besser klang: *accuttufare.* Es konnte zweierlei heißen: Zum einen, daß man eine Tracht Prügel abbekam, zum anderen, daß man sich von der restlichen Welt abkapselte – was im Augenblick beides auf Montalbano zutraf.

Fünfzehn

Es war nicht einfach nur ein neues Rezept zur Zubereitung von *polipetti*, kleinen Tintenfischen. Vielmehr erschien die Kreation Signora Elisas dem Gaumen Montalbanos als eine wahrhaft göttliche Eingebung. Er nahm sich eine zweite, reichliche Portion, und als er sah, daß auch diese dem Ende entgegenging, verlangsamte er den Kaurhythmus, um den Genuß noch ein wenig hinzudehnen. Die Frau des Polizeipräsidenten blickte ihn glücklich an. Wie jede gute Köchin genoß sie den Anblick der Verzückung, die sich auf dem Antlitz ihrer Gäste widerspiegelte, während sie eines ihrer Gerichte kosteten. Und Montalbano gehörte wegen seines ausdrucksvollen Mienenspiels zu ihren liebsten Gästen.

»Vielen Dank, wirklich vielen Dank«, sagte der Commissario zum Schluß und seufzte. Die Babytintenfische hatten ein kleines Wunder bewirkt. Ein kleines nur, weil Montalbano jetzt zwar mit Gott und der Welt Frieden geschlossen hatte, mit sich selbst jedoch alles andere als versöhnt war.

Als sie fertiggegessen hatten, räumte die Signora ab, bevor sie eine Flasche Chivas für den Commissario und einen Amaro für ihren Gatten auf den Tisch stellte – eine kluge Geste.

»Ihr könnt euch jetzt über eure echten Toten unterhalten. Ich gehe solange nach nebenan und sehe mir im Fernsehen die gespielten an. Die sind mir lieber.«

Das war ein Ritus, der sich wenigstens einmal alle vierzehn Tage wiederholte. Der Polizeipräsident und seine Frau waren Montalbano sympathisch, und diese Sympathie wurde von den beiden Eheleuten reichlich erwidert. Der Polizeipräsident war ein feiner Mann, gebildet und zurückhaltend, eine Persönlichkeit wie aus vergangenen Zeiten.

Sie sprachen über die katastrophale politische Lage, über die unbekannten Gefahren, die dem Land durch die steigende Arbeitslosigkeit drohten, über den kritischen Zustand der öffentlichen Ordnung. Dann ging der Polizeipräsident zu einer direkten Frage über.

»Würden Sie mir bitte erklären, warum Sie die Sache Luparello noch nicht zu den Akten gelegt haben? Heute habe ich von Lo Bianco einen recht besorgten Anruf erhalten.«

»War er wütend?«

»Nein. Nur besorgt, wie ich gesagt habe. Nun, vielleicht eher befremdet. Er kann sich einfach nicht erklären, warum Sie alles so in die Länge ziehen. Und ich ebensowenig, um ehrlich zu sein. Sehen Sie, Montalbano, Sie kennen mich und wissen, daß ich es mir niemals erlauben würde, auf einen meiner Beamten auch nur den mindesten Druck auszuüben, damit er so oder anders entscheidet.«

»Das weiß ich zu schätzen.«

»Gut, wenn ich Sie also frage, geschieht das aus rein persönlicher Neugierde. Ich spreche mit dem Freund Montalbano, damit Sie mich recht verstehen. Mit einem Freund, dessen Intelligenz, dessen Scharfsinn und vor allem dessen Anstand gegenüber seinen Mitmenschen, wie er in der heutigen Zeit so selten ist, mir seit langem bekannt sind.«

»Ich danke Ihnen, Herr Polizeipräsident, und ich werde ehrlich zu Ihnen sein, wie es Ihnen gebührt. Was mich an dieser ganzen Geschichte von Anfang an stutzig gemacht hat, war der Ort, an dem die Leiche gefunden wurde. Der paßte einfach überhaupt nicht, ja, er stand im krassen Widerspruch zur Persönlichkeit und zum Verhalten Luparellos, der ein kluger, vorsichtiger und ehrgeiziger Mann war. Ich habe mich gefragt: Warum hat er das gemacht? Warum ist er zu einem Schäferstündchen bis an die Mànnara gefahren, wo sich doch diese Umgebung für ihn als höchst gefährlich entpuppen konnte? Und weit wichtiger, er setzte damit sein

Ansehen aufs Spiel. Ich kann es mir immer noch nicht erklären. Sehen Sie, Herr Polizeipräsident, das ist ungefähr so, als wäre der Staatspräsident an einem Herzinfarkt gestorben, während er in einer drittklassigen Disco Rock 'n' Roll tanzte.«

Der Polizeipräsident hob eine Hand, um ihm Einhalt zu gebieten.

»Ihr Vergleich ist nicht gerade zutreffend«, bemerkte er mit einem Lächeln, das keines war. »Wir hatten jüngst so manchen Minister, der sich in drittklassigen Nachtclubs beim Tanzen ausgetobt hat und nicht daran gestorben ist.«

Das »leider«, das er offensichtlich hinzufügen wollte, erstarb ihm auf den Lippen.

»Aber an der Tatsache ändert das nichts«, fuhr Montalbano eigensinnig fort. »Und mein erster Eindruck wurde mir von der Witwe des Ingegnere umfassend bestätigt.«

»Haben Sie sie kennengelernt? Die Signora ist wirklich eine kluge Frau, hochintelligent.«

»Die Signora selbst wollte sich mit mir treffen, auf Ihre Anregung hin. In einem Gespräch, das ich gestern mit ihr führte, sagte sie mir, ihr Mann habe am Capo Massaria eine Art Absteige besessen, und gab mir die Hausschlüssel. Welchen Grund also hatte er, sich an einem Ort wie der Mànnara sehen zu lassen?«

»Das habe ich mich auch schon gefragt.«

»Gehen wir mal davon aus, nur als Annahme natürlich, daß er hingefahren ist, weil er sich von einer Frau hat überreden lassen, die über eine außergewöhnliche Überzeugungskraft verfügt. Eine Frau, die nicht von hier stammt, die ihn über eine ausgesprochen unwegsame Zufahrtsstrecke dorthin brachte. Denken Sie daran, daß die Frau den Wagen steuerte.«

»Eine unwegsame Strecke, sagen Sie?«

»Ja, und ich habe nicht nur schlagende Beweise dafür, sondern habe diese Straße meinen Brigadiere fahren lassen und bin sie auch selbst gefahren. Also, das Auto ist durch das ausgetrocknete Flußbett des Canneto gefahren, dabei sind die Stoßdämpfer kaputtgegangen. Kaum hält der Wagen an, dicht an einem großen Strauch, steigt die Frau über den Mann, der neben ihr sitzt, und sie beginnen, sich zu lieben. Und genau während dieses Liebesakts wird der Ingegnere von einem Unwohlsein befallen, das zu seinem Tod führt. Die Frau jedoch schreit weder, noch ruft sie um Hilfe. Sie steigt vielmehr eiskalt aus dem Wagen, geht langsam den Feldweg zurück, der in die Landstraße mündet, steigt in ein Auto, das zufällig daherkommt, und verschwindet.«

»Natürlich ist das alles recht eigenartig. Hat die Frau versucht, als Anhalterin mitgenommen zu werden?«

»Sieht nicht so aus – nur, damit haben Sie den Nagel auf

den Kopf getroffen. Ich habe diesbezüglich eine weitere Zeugenaussage. Das Auto, das sie mitgenommen hat, kam wie der Blitz mit offenem Wagenschlag angerast, der Fahrer wußte im voraus, wen er antreffen würde und einsteigen lassen mußte, ohne Zeit zu verlieren.«

»Verzeihen Sie mir, Commissario, haben Sie diese Zeugenaussagen alle zu Protokoll genommen?«

»Nein. Dafür gab es keinen Grund. Sehen Sie, eins ist klar: Der Ingegnere Luparello ist eines natürlichen Todes gestorben. Offiziell habe ich keinerlei Grund, irgendwelche Ermittlungen anzustellen.«

»Nun ja, wenn es sich so zugetragen hat, wie Sie sagen, könnte es sich um einen Fall unterlassener Hilfeleistung handeln.«

»Schön, aber in diesem Fall kommt es darauf sicher nicht an.«

»Nein, natürlich nicht.«

»Gut, eben an diesem Punkt stand ich, als die Signora Luparello mich auf ein entscheidendes Detail aufmerksam machte. Nämlich daß ihr Mann, als man ihn in seinem Wagen fand, die Unterhosen verkehrt herum trug.«

»Warten Sie mal«, sagte der Polizeipräsident, »lassen Sie uns in aller Ruhe darüber nachdenken. Woher wußte die Signora eigentlich, daß ihr Mann die Unterhosen verkehrt herum anhatte? Soweit ich weiß, war die Signora nicht am Tatort und ebensowenig bei den Aufnahmen des Erkennungsdienstes zugegen.«

Montalbano wurde unruhig, er hatte unüberlegt dahergeredet, nicht bedacht, daß er Jacomuzzi wegen der Fotos, die er der Signora gegeben hatte, aus der Sache heraushalten mußte. Aber jetzt gab es keinen Ausweg mehr.

»Die Signora hatte die Fotos, die der Erkennungsdienst gemacht hatte. Ich weiß nicht, wie sie an die rangekommen ist.«

»Vielleicht weiß ich es«, sagte der Polizeipräsident, und seine Miene verfinsterte sich.

»Sie hatte sie mit einem Vergrößerungsglas genauestens untersucht. Sie hat sie mir gezeigt. Und sie hatte recht.«

»Und daraus hat die Signora ihre Schlüsse gezogen?«

»Genau. Sie geht davon aus, daß ihr Mann, wenn er beim Ankleiden die Unterhosen falsch herum angezogen hätte, dies im Laufe des Tages zweifellos bemerkt hätte. Er mußte mehrmals am Tag Wasser lassen, weil er harntreibende Mittel nahm. Folglich glaubt die Signora, daß ihr Gatte in einer, gelinde gesagt, peinlichen Situation überrascht worden sei. Man habe ihn gezwungen, sich hastig anzuziehen und an die Mànnara zu fahren, wo er, nach Meinung der Signora, versteht sich, kompromittiert werden sollte, und zwar derart, daß er sich aus der Politik hätte zurückziehen müssen. Übrigens gibt's diesbezüglich noch mehr Hinweise.«

»Nur zu!«

»Die beiden Müllmänner, die die Leiche gefunden haben, sahen es als ihre Pflicht an, den Avvocato Rizzo zu verständigen, bevor sie die Polizei anriefen, da sie wußten, daß er Luparellos *alter ego* war. Nun gut, Rizzo zeigt nicht nur keinerlei Verwunderung, Beunruhigung oder gar Angst, nichts dergleichen, nein, er fordert die beiden sogar auf, die Sache unverzüglich der Polizei zu melden.«

»Und woher wissen Sie das? Haben Sie das Telefonat abgehört?« fragte der Polizeipräsident bestürzt.

»Nein, durchaus nicht. Ich habe vielmehr die getreue Abschrift des kurzen Gesprächs, die einer der beiden Müllmänner angefertigt hat. Er hat es aus Gründen getan, die zu erklären zu lange dauern würde.«

»Wollte er jemanden erpressen?«

»Nein, er wollte ein Theaterstück schreiben. Glauben Sie mir, er hatte nicht die geringste Absicht, ein Verbrechen zu begehen. Und damit sind wir beim Thema, soll heißen, bei Rizzo.«

»Warten Sie. Ich hatte mir für heute abend fest vorgenommen, Sie zu rügen. Wegen Ihres ständigen Drangs, einfache Dinge zu komplizieren. Sie haben bestimmt *Candido* von Sciascia gelesen. Erinnern Sie sich, daß die Hauptfigur an einer bestimmten Stelle behauptet, daß die Dinge fast immer einfach sind? Das wollte ich Ihnen nur in Erinnerung rufen.«

»Ja, aber sehen Sie, Candido sagt ›fast immer‹, er sagt nicht ›immer‹. Er läßt Ausnahmen zu. Und die Geschichte mit Luparello ist ein Fall, in dem die Dinge so arrangiert worden sind, daß sie einfach erscheinen.«

»Und in Wahrheit sind sie kompliziert?«

»Das sind sie in der Tat. Apropos *Candido*, erinnern Sie sich an den Untertitel?«

»Natürlich. *Ein Traum in Sizilien.*«

»Eben. Hier haben wir es allerdings mit einer Art Alptraum zu tun. Ich möchte eine Hypothese wagen, die man mir schwerlich bestätigen wird, jetzt, wo Rizzo tot ist. Also, am späten Sonntag nachmittag, gegen sieben Uhr, ruft der Ingegnere seine Frau an und teilt ihr mit, daß es sehr spät werden könne, er habe eine wichtige Konferenz. Statt dessen fährt er zu einem Rendezvous in sein Haus am Capo Massaria. Ich darf Ihnen gleich verraten, daß sich eventuelle Nachforschungen über die Person, die mit dem Ingegnere zusammen war, als sehr schwierig gestalten würden, denn Luparello war bi.«

»Was soll das denn heißen, bitte? Bedeutet das, daß er ...?«

»Ja, er war bisexuell, umgangssprachlich bi, jemand, der sowohl mit Männern als auch mit Frauen verkehrte.«

Mit ihren ernsten Gesichtern wirkten sie wie zwei Professoren, die an einem neuen Wörterbuch arbeiteten.

»Also, das glauben Sie doch selber nicht!« platzte der Polizeipräsident bestürzt heraus.

»Die Signora Luparello selber hat mir das deutlich zu verstehen gegeben. Und sie hatte keinerlei Interesse, mir irgendwelche Märchen zu erzählen, vor allem nicht in dieser Hinsicht.«

»Sind Sie zu dem Haus gefahren?«

»Ja. Alles in peinlicher Ordnung. Es fanden sich nur Sachen, die dem Ingegnere gehörten, sonst nichts.«

»Fahren Sie mit Ihrer Hypothese fort.«

»Während des Geschlechtsverkehrs oder danach, was wegen der Spuren von Sperma, die wir gefunden haben, wahrscheinlicher ist, stirbt Luparello. Die Frau, die bei ihm ist ...«

»Halt«, gebot der Polizeipräsident, »wie können Sie so sicher behaupten, daß es sich um eine Frau handelte? Sie selbst haben mir doch eben erst die eher weitläufigen sexuellen Vorlieben des seligen Ingegnere geschildert.«

»Ich komme noch zu dem Punkt, warum ich mir dessen so sicher bin. Nun, die Frau verliert den Kopf, kaum daß sie begriffen hat, daß ihr Geliebter tot ist, weiß nicht, was sie tun soll, dreht fast durch, verliert sogar die Halskette, die sie trug, und merkt es noch nicht einmal. Nachdem sie sich wieder beruhigt hat, sieht sie nur einen einzigen Ausweg, nämlich Rizzo anzurufen, Luparellos Schatten, und ihn um Hilfe zu bitten. Rizzo erklärt ihr, sie solle unverzüglich das Haus verlassen, und überredet sie, den Schlüssel an einer bestimmten Stelle zu verstecken, damit er in das Haus kann. Er verspricht ihr, er werde sich um alles kümmern, niemand werde je von diesem Stelldichein erfahren, das auf so tragische Weise geendet hatte. Beruhigt verschwindet die Frau von der Bildfläche.«

»Wie, verschwindet von der Bildfläche? War es denn nicht eine Frau, die Luparello zur Mànnara brachte?«

»Ja und nein. Lassen Sie mich fortfahren. Rizzo eilt ans Capo Massaria, kleidet die Leiche in aller Eile an, beabsichtigt, den Toten von dort wegzuschaffen und dafür zu sorgen, daß er an einem weniger kompromittierenden Ort gefunden wird. Dann sieht er jedoch die Halskette auf dem Boden liegen und entdeckt im Schrank die Kleider der Frau, die ihn angerufen hat. Da begreift er, daß dies sein Glückstag werden könnte.«

»Inwiefern?«

»Insofern, als er nun in der Lage ist, alle, politische Freunde wie Feinde, mit dem Rücken an die Wand zu drängen und dadurch die Nummer eins in der Partei zu werden. Die Frau, die ihn angerufen hat, heißt Ingrid Sjostrom, eine Schwedin. Sie ist die Gattin des Sohnes von Dottor Cardamone, dem offensichtlichen Luparello-Nachfolger, eines Mannes, der mit Rizzo sicherlich nichts zu tun haben wollte. Nun, Sie werden verstehen, ein Anruf ist eine Sache, eine andere aber ist der untrügliche Beweis, daß die Sjostrom Luparellos Geliebte war. Aber es gilt, noch ein paar weitere Dinge zu regeln. Rizzo ist klar, daß die Parteifreunde sich auf das politische Erbe Luparellos stürzen werden. Um sie auszuschalten, muß er einzig und allein dafür sorgen, daß sie sich schämen müßten, Luparellos Fahne zu schwenken. Der Name des Ingegnere muß also vollkommen in den Schmutz gezogen werden. Da hat Rizzo den gloriosen Einfall, alles so zu arrangieren, daß Luparello an der Mànnara gefunden wird. Und warum nicht alle glauben machen, daß es eben jene Ingrid Sjostrom war, die mit Luparello an die Mànnara fuhr? Schließlich war diese Ausländerin mit nicht gerade klösterlichem Lebensstil ständig auf der Suche nach Abenteuern! Sollte die Inszenierung klappen, wäre Cardamone in seiner Hand. Er ruft zwei seiner Männer an, die, wie wir wissen, ohne es beweisen zu können, im Billigfleischgewerbe tätig sind. Einer der beiden heißt Angelo Nicotra, ein Homosexueller, in einschlägigen Kreisen besser bekannt unter dem Namen Marilyn.«

»Wie haben Sie denn den Namen herausbekommen?«

»Den hat mir einer meiner Informanten genannt, dem ich blindlings vertraue. In gewisser Weise sind wir Freunde.«

»Gegè? Ihr alter Schulfreund?«

Montalbano starrte den Polizeipräsidenten mit offenem Mund an.

»Warum schauen Sie mich so an? Auch ich bin ein Bulle. Erzählen Sie nur weiter.«

»Als seine Leute eintreffen, verlangt Rizzo von Marilyn, sich als Frau zu verkleiden. Er legt ihm die Halskette um und trägt ihm auf, den Leichnam über eine unwegsame Strecke, nämlich durch das ausgetrocknete Flußbett hinunter an die Mànnara zu schaffen.«

»Was bezweckte er damit?«

»Ein weiterer Beweis gegen die Sjostrom. Sie ist Rennfahrerin, und diesen Weg, den weiß sie sehr wohl zu fahren.«

»Sind Sie sicher?«

»Ja. Ich saß mit im Auto, als ich sie das Flußbett hinunterfahren ließ.«

»O Gott«, stöhnte der Polizeipräsident. »Haben Sie sie dazu gezwungen?«

»Nicht im Traum! Sie war vollkommen einverstanden.«

»Würden Sie mir freundlicherweise sagen, wie viele Leute Sie da mit hineingezogen haben? Ist Ihnen klar, daß Sie da mit Dynamit spielen?«

»Das Ganze endet in einer Seifenblase, glauben Sie mir. Also, während die beiden mit dem Toten wegfahren, kehrt Rizzo, nun im Besitz von Luparellos Schlüsseln, nach Montelusa zurück. Es ist ihm ein leichtes, sich die geheimen Unterlagen des Ingegnere anzueignen, die ihn am meisten interessieren. Inzwischen führt Marilyn haargenau aus, was man ihm aufgetragen hat. Er verläßt das Auto, nachdem er einen Geschlechtsverkehr simuliert hat, und geht davon. Die Halskette versteckt er, und die Handtasche wirft er über die Mauer einer alten, verlassenen Fabrik.«

»Von welcher Tasche sprechen Sie?«

»Sie gehörte der Sjostrom, es stehen sogar ihre Initialen drauf. Rizzo hat sie zufällig im Haus gefunden und sich das zunutze gemacht.«

»Würden Sie mir erklären, wie Sie zu diesen Schlußfolgerungen gekommen sind.«

»Sehen Sie, Rizzo spielte mit einer offenen Karte, der Halskette, und einer verdeckten, der Tasche. Der Fund der Kette, wie auch immer er stattfände, sollte beweisen, daß Ingrid exakt zu der Zeit an der Mànnara war, als Luparello starb. Sollte irgend jemand die Kette heimlich einstecken, konnte Rizzo immer noch die Karte mit der Tasche ausspielen. Doch er hat Glück, von seiner Warte aus betrachtet. Die Kette wird von einem der beiden Müllmänner gefunden, der sie mir übergibt. Rizzo rechtfertigt den Fund mit einer im Grunde glaubwürdigen Ausrede, hat aber inzwischen das Dreieck Sjostrom-Luparello-Mànnara aufgestellt. Die Tasche hingegen habe ich entdeckt, aufgrund zweier widersprüchlicher

Zeugenaussagen. Die Frau, die das Auto des Ingegnere verließ, hielt nämlich eine Tasche in der Hand, die sie aber nicht mehr hatte, als sie an der Landstraße von einem Auto mitgenommen wurde. Um es kurz zu machen, Rizzos Männer fahren zum Haus zurück, räumen alles ordentlich auf, als wäre nichts gewesen, und geben ihm die Schlüssel zurück. Im Morgengrauen ruft Rizzo bei Cardamone an und beginnt, seine Karten geschickt auszuspielen.«

»Ja, gewiß, aber er setzt damit auch sein Leben aufs Spiel.«

»Das ist eine andere Sache, wenn es überhaupt so war«, sagte Montalbano.

Der Polizeipräsident sah ihn überrascht an.

»Was wollen Sie damit sagen? Was um Himmels willen geht Ihnen durch den Kopf?«

»Schlicht und einfach, daß der einzige, der aus dieser ganzen Geschichte gesund und heil herauskommt, Cardamone ist. Finden Sie nicht, daß ihm die Ermordung Rizzos ausgesprochen gelegen kommen muß?«

Der Polizeipräsident fuhr hoch, und es war nicht erkennbar, ob er im Ernst sprach oder scherzte.

»Hören Sie, Montalbano, lassen Sie sich keine neuen genialen Ideen einfallen! Lassen Sie Cardamone in Frieden, er ist ein Ehrenmann, der keiner Fliege etwas zuleide tun könnte.«

»War doch nur ein Scherz von mir, Herr Polizeipräsident. Wenn Sie erlauben, gibt es irgendwelche Neuigkeiten in den Ermittlungen?«

»Was soll es schon für Neuigkeiten geben? Sie wissen, was Rizzo für ein Typ war. Von zehn Personen, die er kannte, ob ehrenwert oder nicht, hätten ihn acht, ehrenwert oder nicht, gerne tot gesehen. Ein Wald, ein ganzer Dschungel voller potentieller Mörder, mein Lieber, eigenhändig oder durch einen Mittelsmann. Ich kann Ihnen sagen, daß Ihre Erzählung nur für denjenigen eine gewisse Glaubwürdigkeit haben wird, der weiß, aus welchem Holz der Avvocato Rizzo geschnitzt war.«

Er nippte mehrmals an seinem Gläschen Amaro.

»Ich habe mich von Ihnen mitreißen lassen. Ihre Schilderung ist eine anspruchsvolle Intelligenzübung, streckenweise sind Sie mir wie ein Drahtseil-Akrobat ohne Netz vorgekommen. Denn, um es ganz brutal zu sagen, Ihre Behauptungen entbehren jeglicher Grundlage. Nichts als gähnende Leere. Sie haben nicht den geringsten Beweis für all das, was Sie mir soeben erzählt haben. Das Ganze könnte auch auf völlig andere Weise gedeutet werden, und ein guter Anwalt wüßte Ihre Schlußfolgerungen zu entkräften, ohne dabei groß ins Schwitzen zu geraten.«

»Ich weiß.«

»Was gedenken Sie zu tun?«

»Morgen früh werde ich Lo Bianco sagen, wenn er den Fall zu den Akten legen will, stehe dem nichts entgegen.«

Sechzehn

»Hallo, Montalbano? Hier spricht Mimì Augello. Hab' ich dich geweckt? 'tschuldige, aber ich wollte dich nur beruhigen. Ich bin wieder auf dem Posten. Wann fliegst du?«

»Meine Maschine geht um drei Uhr ab Palermo, das heißt, ich werde so gegen halb eins in Vigàta losfahren müssen, gleich nach dem Essen.«

»Dann sehen wir uns also nicht mehr. Ich komme erst ein bißchen später ins Büro. Gibt's Neuigkeiten?«

»Die wird Fazio dir erzählen.«

»Wie lange hast du vor wegzubleiben?«

»Bis einschließlich Donnerstag.«

»Viel Vergnügen, und erhol dich gut. Fazio hat deine Telefonnummer in Genua, nicht? Wenn irgendwas Besonderes passieren sollte, ruf' ich dich an.«

Der Stellvertreter des Commissario, Mimì Augello, war pünktlich aus den Ferien zurück, folglich konnte Montalbano problemlos abreisen. Augello war ein fähiger Mensch. Montalbano rief Livia an und sagte ihr, um

wieviel Uhr er ankommen würde. Livia war glücklich und versprach, ihn am Flughafen abzuholen.
Kaum hatte er sein Büro betreten, berichtete Fazio ihm, daß die Arbeiter der Salzfabrik den Bahnhof besetzt hielten. Man hatte sie allesamt ›freigestellt‹, was nichts anderes als ein barmherziger Ausdruck dafür war, daß man ihnen allen gekündigt hatte. Ihre Frauen lagen ausgestreckt auf den Gleisen, um den Bahnverkehr zu blockieren. Das Militär war schon vor Ort. Ob sie auch hingehen sollten?
»Wozu?«
»Na ja, weiß nicht, helfen.«
»Wem denn?«
»Wie, wem, Dottore? Den Carabinieri, den Ordnungshütern, zu denen wir ja schließlich auch noch gehören, zumindest bis der Gegenbeweis erbracht worden ist.«
»Wenn du schon unbedingt jemandem helfen mußt, dann hilf denen, die den Bahnhof besetzt haben.«
»Dottore, ich hab's ja immer schon geahnt: Sie sind ein Kommunist.«

»Commissario? Stefano Luparello am Apparat. Verzeihen Sie bitte, aber hat sich mein Cousin Giorgio bei Ihnen blicken lassen?«
»Nein, er hat sich nicht gemeldet.«
»Wir sind alle sehr besorgt. Kaum hatte das Beruhi-

gungsmittel nachgelassen, ist er weggegangen und offensichtlich erneut verschwunden. Mama möchte Sie um einen Rat bitten. Sie fragt sich, ob es nicht angebracht wäre, daß wir uns an die Polizei wenden, um Nachforschungen anstellen zu lassen.«

»Nein. Richten Sie Ihrer Mutter aus, daß ich das für unnötig halte. Giorgio wird sich bestimmt bald melden. Sagen Sie ihr, sie könne ganz beruhigt sein.«

»In jedem Falle möchte ich Sie bitten, uns zu verständigen, wenn Sie etwas hören.«

»Das wird ziemlich schwierig sein, Ingegnere, denn ich bin ab heute für einige Tage in Urlaub. Ich komme erst am Freitag zurück.«

Die ersten drei Tage mit Livia in ihrem Häuschen in Boccadasse ließen ihn Sizilien beinahe ganz vergessen. Grund dafür waren die vielen Stunden tiefen Schlafes, die er jetzt, mit Livia im Arm, nachholte. Aber wie gesagt, nur beinahe, denn zwei- oder dreimal überfielen ihn der Duft, der Dialekt, die Dinge seiner Heimat hinterrücks, hoben ihn schwerelos in die Luft und brachten ihn für wenige Augenblicke zurück nach Vigàta. Jedesmal, da war er sich sicher, hatte Livia diese vorübergehende Versunkenheit, diese Abwesenheit bemerkt, und jedesmal hatte sie ihn schweigend angesehen.

Am Donnerstag abend erhielt er einen völlig unerwarteten Anruf von Fazio.
»Nichts Wichtiges, Dottore, ich wollte nur Ihre Stimme hören und sicher sein, daß Sie morgen zurückkommen.«
Montalbano wußte nur zu gut, daß die Beziehung zwischen dem Brigadiere und Augello nicht einfach war.
»Brauchst du ein wenig Zuspruch? Hat dir dieser Bösewicht von Augello etwa den Hintern versohlt?«
»Dem kann ich es nie recht machen.«
»Hab Geduld, ich habe dir doch gesagt, daß ich morgen zurückkomme. Neuigkeiten?«
»Gestern haben Sie den Bürgermeister und drei aus dem Gemeindeausschuß verhaftet. Erpressung und Unterschlagung. Wegen der Ausbauarbeiten am Hafen.«
»Endlich haben sie's kapiert.«
»Ja, Dottore, aber machen Sie sich keine Illusionen. Die wollen hier den Richtern in Mailand nacheifern, aber Mailand ist eben sehr weit weg.«
»Sonst noch was?«
»Wir haben Gambarella gefunden, erinnern Sie sich? Den, den sie umbringen wollten, als er beim Tanken war. Von wegen auf dem flachen Land vergraben! Er lag *incaprettato*, also die Hände und Füße auf dem Rücken zusammengebunden mit einer Schnur, die um den Hals führt und mit der er sich selbst erdrosselt hat, im Kofferraum seines Wagens. Den haben sie dann angezündet.

Er ist vollkommen verbrannt.« Er hatte den Ausdruck der sizilianischen Mafia benutzt. Das Wort verwies auf die Art und Weise, in der man Zicklein, *capretti*, für den Transport band.

»Wenn er vollständig verbrannt war, woher wißt ihr dann, wie sie Gambarella umgebracht haben?«

»Sie haben Eisendraht benutzt, Dottore.«

»Bis morgen, Fazio.«

Und dieses Mal waren es nicht nur der Duft und der Dialekt seiner sizilianischen Heimat, die ihn einholten, sondern auch die Dummheit, die Grausamkeit und das Entsetzen.

Nachdem sie sich geliebt hatten, blieb Livia eine Weile schweigend liegen, dann ergriff sie seine Hand.

»Was ist los? Was hat dir dein Brigadiere erzählt?«

»Nichts Wichtiges, glaub' mir.«

»Warum schaust du dann so finster?«

Das bestärkte Montalbano in der Überzeugung, daß es auf der ganzen Welt nur einen Menschen gab, dem er die Geschichte von A bis Z anvertrauen konnte, und das war Livia. Dem Polizeipräsidenten hatte er nur die halbe Wahrheit erzählt, und auch die nur ausschnittweise. Er setzte sich im Bett auf und klopfte sich das Kissen zurecht.

»Also, hör mir zu.«

Er erzählte ihr alles, von der Mànnara, vom Ingenieur Luparello, von der Zuneigung, die sein Neffe Giorgio für ihn hegte und die sich an einem gewissen Punkt in Liebe verwandelt hatte, ja, in Leidenschaft. Er sprach vom letzten Stelldichein im Liebesnest am Capo Massaria, von Luparellos Tod, von Giorgio, der aus lauter Angst vor einem Skandal durchgedreht war, nicht seinetwegen, sondern weil der Ruf seines Onkels auf dem Spiel stand. Er beschrieb, wie der junge Mann Luparellos Leiche so gut wie möglich wieder angekleidet und ins Auto gezerrt hatte, um sie fortzuschaffen, damit sie an einem anderen Ort gefunden werden konnte. Er schilderte ihr Giorgios Verzweiflung, als ihm klar wurde, daß sein Versuch, die Wahrheit zu vertuschen, scheitern mußte, daß früher oder später jemand dahinterkommen würde, daß er einen Toten transportierte. Er sprach von Giorgios Idee, dem Onkel die Halskrause anzulegen, die er bis zum Vortag noch selber getragen hatte. Er erzählte ihr von Giorgios Versuch, die Halskrause mit einem schwarzen Tuch zu verbergen, und daß er plötzlich einen seiner epileptischen Anfälle fürchtete, unter denen er gelegentlich litt. Schließlich hatte der Neffe Rizzo angerufen. Montalbano erklärte Livia, wer der Advokat war und wie dieser sogleich begriffen hatte, daß der Tod des Ingenieurs, entsprechend arrangiert, sein Glück bedeuten konnte.
Er erzählte von Ingrid, ihrem Mann Giacomo, von Dot-

tor Cardamone und von der Vergewaltigung, er fand kein besseres Wort für das Vergehen an der Schwiegertochter (»Wie widerlich«, kommentierte Livia), und erklärte, wie Rizzo diesem Verhältnis auf die Spur gekommen war; wie er versucht hatte, Ingrid als die Schuldige erscheinen zu lassen, womit er bei Cardamone Erfolg hatte, nicht aber bei ihm, Montalbano. Er beschrieb Marilyn und seinen Komplizen, die unglaubliche Autofahrt, das grauenvolle Schauspiel im Auto an der Mànnara. (»Entschuldige bitte, ich muß etwas Starkes trinken.«) Und als er zurückkam, schilderte er ihr noch all die anderen schändlichen Einzelheiten, von der Halskette, der Tasche, den Kleidern bis zu Giorgios quälender Verzweiflung, als er die Fotos sah und Rizzos doppelten Betrug begriff, mit dem dieser das Andenken Luparellos und ihn selbst schändete, ihn, der den guten Ruf des Onkels um jeden Preis wahren wollte.

»Warte mal einen Augenblick«, sagte Livia, »ist diese Ingrid schön?«

»Bildschön. Und auch wenn mir völlig klar ist, was du jetzt denken wirst, so sage ich dir noch etwas: Ich habe alle falschen Beweise zu ihren Lasten vernichtet.«

»Das ist gar nicht deine Art«, bemerkte Livia.

»Es kommt noch schlimmer, hör zu. Rizzo, der Cardamone in der Hand hat, erreicht sein politisches Ziel, aber er begeht einen Fehler. Er unterschätzt Giorgios Reaktion. Dieser Giorgio ist ein junger Mann von umwerfender Schönheit!«

»Ach, jetzt hör aber auf! Der etwa auch noch?« versuchte Livia zu scherzen.

»Doch er hat einen äußerst labilen Charakter«, fuhr der Commissario unbeirrt fort. »Auf dem Höhepunkt seiner Erregung rast er völlig verstört ans Capo Massaria, nimmt Luparellos Pistole an sich, trifft sich mit Rizzo, schlägt ihn zusammen und schießt ihm in den Nacken.«

»Hast du ihn verhaftet?«

»Nein, ich habe dir ja gesagt, daß es noch schlimmer kommen würde, daß ich nicht nur Beweismaterial vernichtet habe. Weißt du, meine Kollegen in Montelusa glauben, und so aus der Luft gegriffen ist das nun auch wieder nicht, daß Rizzo von der Mafia umgebracht wurde. Und ich habe ihnen das, was ich für die Wahrheit halte, verschwiegen.«

»Aber warum?«

Montalbano gab keine Antwort. Er breitete nur achselzuckend die Arme aus. Livia ging ins Bad. Der Commissario hörte, wie Wasser sprudelnd in die Wanne lief. Als er sie später um die Erlaubnis bat, hereinzukommen, saß sie immer noch in der gefüllten Wanne, das Kinn auf die angezogenen Knie gestützt.

»Wußtest du, daß in dem Haus eine Pistole lag?«

»Ja.«

»Und du hast sie dort liegen lassen?«

»Ja.«

»Du hast dich selbst befördert, wie?« fragte Livia, nachdem sie lange Zeit schweigend dagesessen hatte. »Vom Commissario zum Gott, einem Gott vierten Ranges, aber doch immerhin einem Gott.«

Kaum dem Flugzeug entstiegen, stürzte Montalbano augenblicklich in die Flughafenbar. Er brauchte dringend einen richtigen Kaffee nach all dem unwürdigen dunklen Spülwasser, das man ihm während des Fluges zugemutet hatte.

»Was machen Sie denn hier, Ingegnere? Fliegen Sie nach Mailand zurück?«

»Ja, ich muß wieder arbeiten, ich bin schon zu lange Zeit weg. Und ich werde mir auch ein größeres Haus suchen. Sobald ich es gefunden habe, wird meine Mutter nachkommen. Ich will sie nicht alleine zurücklassen.«

»Da tun Sie wirklich gut daran, auch wenn sie in Montelusa die Schwester hat und den Neffen ...«

Der junge Ingenieur erstarrte augenblicklich.

»Ja, wissen Sie es denn noch nicht?«

»Was?«

»Giorgio ist tot.«

Montalbano stellte die Tasse ab. Den Kaffee hatte er vor Schreck verschüttet.

»Was ist geschehen?«

»Erinnern Sie sich, daß ich Sie am Tag Ihrer Abreise angerufen habe, um Sie zu fragen, ob er sich bei Ihnen gemeldet hat?«

»Natürlich erinnere ich mich.«

»Am nächsten Morgen war er immer noch nicht zurückgekommen. Da habe ich es für meine Pflicht gehalten, die Polizei und die Carabinieri zu verständigen. Sie haben ausgesprochen oberflächliche Nachforschungen angestellt, wenn Sie mir diese Bemerkung gestatten. Vielleicht waren sie zu sehr mit den Ermittlungen im Mordfall des Avvocato Rizzo beschäftigt. Am Sonntag nachmittag hat ein Fischer von einem Boot aus ein Auto bemerkt, das direkt unterhalb der Kurve von Sanfilippo die Klippen hinuntergestürzt war. Kennen Sie die Gegend? Das ist kurz vor dem Capo Massaria.«

»Ja, ich kenne den Ort.«

»Gut, der Fischer ruderte auf den Wagen zu, sah jemanden auf dem Fahrersitz sitzen und beeilte sich, den Unfall zu melden.«

»Hat man die Unfallursache herausgefunden?«

»Ja. Wie Sie wissen, lebte mein Cousin seit Papàs Tod praktisch in einem Zustand geistiger Umnachtung, zu viele Beruhigungsmittel, zu viele Schlaftabletten. Statt die Kurve zu nehmen, ist er geradeaus weitergefahren. Außerdem war er viel zu schnell und ist durch die Mauer gerast. Nach dem Tod seines Onkels hat er sich einfach nicht mehr gefangen. Er hegte eine regelrechte Leidenschaft für meinen Vater, er liebte ihn.«

Er sprach die beiden Worte, Leidenschaft und Liebe, mit fester, klarer Stimme aus, als wolle er damit jede mögliche Zweideutigkeit im Keim ersticken. Dann wurden die Passagiere des Fluges nach Mailand aufgerufen.

Sobald Montalbano den Flughafenparkplatz verlassen hatte, drückte er das Gaspedal seines Wagens voll durch. Er wollte an nichts denken, sich nur auf das Fahren konzentrieren. Nach etwa hundert Kilometern hielt er am Ufer eines künstlichen Sees an. Er stieg aus, öffnete den Kofferraum, nahm die Halskrause heraus, warf sie ins Wasser und wartete, bis sie versunken war. Erst dann lächelte er. Er hatte wie ein Gott handeln wollen, da hatte Livia ganz recht gehabt, aber als Gott vierten Ranges hatte er bei seiner ersten und, wie er hoffte, letzten Erfahrung immerhin voll ins Schwarze getroffen.

Um nach Vigàta zu kommen, mußte er zwangsläufig am Polizeipräsidium von Montelusa vorbeifahren. Und genau dort entschied sich sein Auto, den Geist aufzugeben. Montalbano versuchte mehrmals, es wieder in Gang zu bringen. Vergeblich. Er stieg aus und wollte gerade ins Präsidium hineingehen, um Hilfe zu holen, als sich ihm ein Beamter näherte, der ihn kannte und der seine erfolglosen Bemühungen beobachtet hatte. Der Beamte öffnete die Motorhaube, hantierte ein wenig herum, schlug sie wieder zu.

»Alles in Ordnung. Aber lassen Sie ihn bei Gelegenheit mal durchchecken.«

Montalbano setzte sich wieder ins Auto, ließ den Motor an, bückte sich, um einige Zeitungen aufzuheben, die hinuntergefallen waren. Als er sich aufrichtete, sah er Anna, auf das offene Seitenfenster gestützt, neben dem Wagen stehen.

»Ciao, Anna, wie geht's dir?«

Das Mädchen antwortete nicht, blickte ihn einfach nur an.

»Nun, was gibt's?«

»Und du wärst dann also das, was man einen ehrlichen Mann nennt?« zischte sie.

Montalbano begriff, daß sie auf die Nacht anspielte, in der sie Ingrid halbnackt in seinem Schlafzimmer gesehen hatte.

»Nein, das bin ich nicht«, sagte er. »Aber bestimmt nicht aus dem Grund, auf den du anspielst.«

Anmerkung des Autors

Ich halte es für wichtig zu betonen, daß die vorliegende Geschichte weder auf einer wahren Begebenheit beruht noch tatsächliche Ereignisse beinhaltet, kurz gesagt, sie entspringt ganz und gar meiner Phantasie. Da aber die Realität heute auf dem besten Wege ist, die Phantasie zu überflügeln, ja, sie regelrecht aufzuheben scheint, kann ich die eine oder andere rein zufällige Ähnlichkeit mit Namen oder Geschehnissen nicht ausschließen. Doch für die Launen des Zufalls können wir, wie jedermann weiß, nicht zur Verantwortung gezogen werden.

Anmerkungen der Übersetzerin

Mànnara: (sizilianisch) Hackmesser, mit dem Ziegen und Schafe geschoren bzw. geschlachtet werden; hier: Schaf- und Ziegenstall

Lombroso: Der Psychiater und Anthropologe Cesare Lombroso, 1835–1909, war ein Vertreter der umstrittenen Lehre vom »geborenen Verbrecher«

Sturzo: Don Luigi Sturzo, 1871–1959; Priester, Vorkämpfer des politischen Katholizismus in Italien; gründete 1919 den Partito Popolare Italiano

La liggi: (sizilianisch) das Gesetz; italienisch: la legge

Im Weltbild Verlag ist außerdem erschienen:

Stephen King
Schlaflos

752 Seiten, Format 13,5 x 21,5 cm
gebunden, Best.-Nr. 128 024
ISBN 3-8289-6754-X
19,90 DM

Schlaflos ist ein Alptraum im Wachzustand. Mit außerordentlicher Suggestivkraft schildert der Meister des Horrors den Einbruch böser Mächte in einen idyllischen Provinzalltag!

Im Weltbild Verlag ist außerdem erschienen

Maeve Binchy
Unter der Blutbuche

430 Seiten, Format 13,5 x 21,5 cm
gebunden, Best.-Nr. 109 202
ISBN 3-8289-6803-1
DM 16,90

Die mächtige Blutbuche in dem kleinen Ort Shancarrig in Irland trägt auf ihrer Rinde den Namen von acht Kindern, die diese vor Jahren eingeritzt hatten. Die berühmte irische Autorin schildert ihre Schicksale in bewegenden Lebensbildern – Träume, Sehnsüchte und Erinnerungen entstehen vor den Augen des Lesers. Wochenlang an der Spitze der britischen Bestsellerlisten!

Im Bechtermünz Verlag ist außerdem erschienen:

Mary Willis Walker
Unter des Käfers Keller

448 Seiten, Format 13,5 x 21,5 cm
Best.-Nr. 590 182
ISBN 3-8289-6828-7
19,90 DM

In einem unterirdischen Gefängnis befinden sich elf Kinder in der Gewalt eines Psychopathen. Ihre einzige Hoffnung ist ihr Vertrauter Walter Demming, der mit großer Sensibilität eine Innenwelt aus Zärtlichkeit und Phantasie schafft, in die sich die Kinder flüchten können. Die Zuversicht erhält sie am Leben, doch über der Erde bleiben alle Bemühungen um Rettung erfolglos – bis die Journalistin Molly Cates einen atemberaubenden Plan schmiedet ...

Im Weltbild Verlag ist außerdem erschienen:

Mary Higgins Clark
Sieh dich nicht um

280 Seiten, Format 13,5 x 21,5 cm
gebunden, Best.-Nr. 115 472
ISBN 3-8289-6913-5
18,- DM

Lacey Farrell gehört zu den erfolgreichsten Immobilienmaklern New Yorks. Doch ihr Leben verändert sich auf einen Schlag, als sie Zeugin des Mordes an einer ihrer Klienten wird. Mußte Isabelle sterben, weil sie die Suche nach dem mutmaßlichen Mörder ihrer Tochter nicht aufgeben wollte? Noch im Sterben weist Isabelle Lacey auf die Spur zu dem Mörder hin und bringt Lacey selbst in höchste Gefahr ...